那年夏天，雨宫蛙

FALL
IN
LOVE

[日] 如月和佐——著
程亮——译

中国出版集团 现代出版社

是这个声音，造就了真正的我。

我想让更多人听见我的歌声，

只有用这样的声音歌唱时，

我才能成为理想中的自己。

我必须唱歌。

嗯，我想唱歌，

我希望自己的心意能够乘着歌声，

传达给为我鼓掌的人。

目 录

微不可察的微笑

那抹微笑浅浅的、淡淡的，稍不留神都难以发现，

仅仅是平时紧绷的唇角略有舒缓、

眼镜遮挡下的双眼眯出了一道微不可察的弧度而已。

“嗞嗡——”

黑板上方的喇叭发出一声刺耳的噪声，我下意识地挺直了身子。

这是校内广播即将开始的信号，不过现下正值午休时间，大家都在边吃饭边闲聊，整个教室闹哄哄的，根本没人关注广播。只有我，努力克制着内心的不安，一边心不在焉地往嘴里塞着面包，一边静待着广播开始。

我就读的这所高中，午休时间的广播向来只播放古典音乐，很是无趣，所以平时几乎没有一个人会认真去听。唯独今天，从一开播似乎就非同寻常。

“正在用餐的各位，大家好。我是广播委员会的委员长佐佐木流之助。”

伴随着熟悉的背景音乐——某个著名音乐节目的主题曲——从喇叭里传出了流之助清脆的声音。

顿时，教室里交头接耳声响成一片。因为在平时的日间广播里，广播委员长并不会一开场就自报家门，何况又是年级首屈一指的“怪人”流之助，大家自然立刻察觉到了其中的异常。

在一片骚乱的气氛中，流之助以校内广播里罕有的舒缓语速，继续娓娓说道："若按惯例，这个时间本该播放重复重复再重复的古典音乐，但广播委员会经过讨论，决定从本学期开始推出全新活动，将在每周三为大家奉上治愈心灵的轻松时刻。该项活动命名为——'校园偶像诞生计划'！"

"咳！咳！"一直默不作声叼着吸管的阿东突然剧烈咳嗽起来，差点把嘴里的牛奶喷得满桌都是，随后无奈地说："那个乱七八糟的大帅哥又要胡作非为了。"

四下里纷纷响起类似的吐槽声和笑声，流之助则继续在广播里热情洋溢、滔滔不绝地解释着偶像的含义及其魅力所在。班主任田子老师目光不善地瞪着广播喇叭，看起来相当不满。

"因此，广播委员会将从在校生中募集有志成为偶像的志愿者，我们会让全校师生听见你的歌声。如果你对自己有信心，就请录下歌声，并随音源附上传达给听众的问候，送到广播室来。有意参加活动但不具备录音条件的人，可以随时找三年级（1）班的佐佐木流之助商量。"

"我就知道这小子是个蠢货，怎么可能有人愿意参加如此丢脸的活动。"森下目瞪口呆地说。

似乎早已预料到大家的反应，流之助又不失时机地宣布："下面有请本期为大家演唱的偶像登场。真实身份保密的神秘偶像——雨宫蛙小姐！"

“还真有啊！”

阿东直白地吐了个槽，一旁的森下则呆望着喇叭，脸上写满难以置信的表情。不光是他俩，整个教室都变得更嘈杂了。

过了几秒钟，喇叭里响起了一个女孩的声音，音质听起来比初中生还要略显稚嫩：“嗯，大家好，我叫雨宫蛙。这是我第一次唱歌给别人听，很担心唱得不好。嗯……这是我非常喜欢的一首歌，希望大家也能喜欢。”

她的开场白有点语无伦次。

“这声音很像动漫人物啊。”

“音质合格。”

“夏帆，你知道这女孩是谁吗？”

……

四周开始议论纷纷。

大家立刻对广播起了兴致，几乎没人正经吃饭了。不过也有例外，那就是坐在我斜对面的水濑。

水濑有着生人勿近般的美貌和态度，人送绰号“冰山公主”。她戴着一副钴蓝色的细框眼镜，一头又长又直的黑发，映在窗外射入的阳光下，闪耀着美丽的光泽。她的肤色白皙，脸庞精致，只是此刻脸上并无表情，低垂的目光中透着百无聊赖的劲儿，正淡漠地端起汤匙，送入口中。

“歌曲的名字叫作《猫的公交站》。”

雨宫蛙介绍完歌名，喇叭里迅速流淌出一串轻快悠扬的旋律。这是很久以前在视频投稿网站上非常流行的一首歌，讲述了一个女孩渴望变成猫的故事，但如今恐怕很少有人知道了。

轻快的前奏过后，雨宫蛙开始唱了。令人惊讶的是，她的歌声里竟再也没有先前问候时的生涩感，有的只是稚嫩而又踏实的空灵感。

歌声刚一响起，教室里的嘈杂声就明显小了许多，而随着歌词的句句推进，更是渐渐变得鸦雀无声。到第一段副歌结束时，我四下一看，只见所有人都露出一副侧耳倾听的专注姿态，似乎深陷于她的歌声中不能自拔。

“喂，花咲！”旁边的沼田突然喊了我一声。

“怎、怎么了？！”

也许是我下意识的反应有些过激，沼田很诧异地问：“你这么慌张干什么？花咲，你能不能问问流之助，这个叫雨宫蛙的女孩究竟是谁？”

“这恐怕不行。虽然他没说一定要保密，可是……”

“那算了，反正肯定是咱们学校的学生，唱得可真好啊。”沼田仰望着喇叭发出赞叹。

我不动声色地移开目光，生怕自己的表情被他看见。然而视线偏转，却让我目睹了一幕意外的光景——

刚刚还显得漠不关心的水濑，已经停下了用餐的动作。更诡异的是，她那张自从去年第二学期转校以来就始终毫无表情的脸上，竟然浮现着温柔的笑意。

那抹微笑浅浅的、淡淡的，稍不留神都难以发现，仅仅是平时紧绷的唇角略有舒缓、眼镜遮挡下的双眼眯出了一道微不可察的弧度而已。

然而不可思议的是，如此细微的变化，竟使得她平日里显露出来的冰冷气质一扫而空，以至于我的视线久久无法离开她的笑颜，根本顾不得关心自己这样做有多没礼貌。

“原来冰山公主也有这样的笑颜啊。”听着广播里雨宫蛙的歌声，我不由自主地想。

期待与不安

此时此刻，我的一颗心满是期待与不安，

随着那轻快悠扬的旋律跳动着……

流之助是上周六来找我商量这件事的。

当时，他像往常一样不期而至，没头没脑地闯进我的寝室，刚在书桌旁的床头坐下，开口第一句话就是："帮我介绍一个想当偶像的女生。"

"不好意思，请讲国语。"我漫不经心地答道。

流之助每次开口讲话，都像天外飞仙般难以捉摸，好在我从幼儿园时就已经认识他，所以早就习惯了。

流之助并未在意我的冷淡语气，他从书包里掏出一袋零食，撕开包装，抓起一块点心塞进嘴里，接着把袋口朝向我递了过来，这才又说："那我就以浅显易懂的方式从头说起好了。"

"喂，点心渣不要乱喷啊……"

"嗯，其实是这么回事，在昨天广播委员会的会议上，大家决定展开全新的校内广播活动，准备制作一档新节目，推出校园偶像。"

他的话依然让我不知所谓。

我毫不客气地用怀疑的目光打量着流之助，他不禁眯起澄澈的双眼："你这是什么反应？好像我在胡言乱语一样。"

“难道不是吗？推出偶像？通过校内广播？”

“没错。顺便说一句，提议者正是本人。”

“可想而知。”

除了流之助，不会有人提出如此荒唐的活动策划案了。看来他又要乱来了。

我定了定神，郑重地问：“也就是说，这次活动的内容就是从在校生中选拔偶像，通过校内广播表演唱歌跳舞？”

“嗯，大体上就是这样。不过影像部分尚未得到许可，在问题解决之前还不能跳舞。目前能做的只有选拔人选，提前录好音源，然后在午休时间播放。”

原来如此。只是这种程度的话，倒是可以通过校内广播实现，不过……

“光是这样，好像没什么偶像的感觉啊，难道你打算就一直让参加者轮流唱歌，没别的了？”

“当然不是。获得许可以后是要播放影像的，我还打算和校报委员接洽一下，在校报上刊登特集。另外再制作一个粉丝网站，在上面公开偶像日记，或者提供音源的免费下载。还有 9 月的文化节，我已经想了好几个计划，比如现场演唱、公开录音、人气投票等，不过这些都要等到实际播放开始以后再做打算。”流之助一口气说完，又把手伸进了零食袋。

如果说这只是流之助的又一次突发奇想，似乎未必尽然，而且听了他的解释，好像还蛮有趣的。不过作为流之助的朋友，我是要随时阻止他乱来的，所以面对这种情况，我也感到很为难。

话说回来，流之助怎么会突然想到推出偶像这样的活动呢？的确，无论是对现实中的女孩子，还是游戏里的美少女，他都会倾注同样的爱，但我分明记得他以前说过，对电视里的偶像完全不感兴趣，还说同样都是偶像，三次元的真人当然比不上二次元的角色。

我一时不解，但还没来得及问他，就已经自行找到了答案。

“对了，流之助，你春假时一直在玩偶像养成游戏吧？”

“哎呀，我怎么感受到了鄙夷的目光，难道是错觉？我说小花啊，你该不会怀疑我像那款游戏里的男主角一样，期待着与美少女偶像发生浪漫关系，所以才提出这个活动策划的吧？我的动机就那么肤浅吗？”

这个动机确实成立，这才符合他的性格。

用一句话来形容流之助这个人，就是“行动力爆表的宅男”。而且，他很容易受到动漫和游戏的影响。举几个例子，比如说去年，他就对一部描写轻音乐部（成员全是美少女）日常生活的深夜档动画片着了迷，突然就和同年级的几个女孩组成了一支乐队，天天刻苦练习。还有前年，他沉迷于一款与外星美少女交友的电脑游戏，遂开始钻研如何与外星人通信，还在深夜偷偷潜入校园，在操场上画了个莫名其妙的巨大符号。除此之外，他还容易被自己喜欢的动漫角色影响，经常模仿，时不时就会改变正常说话的语调，等等，类似的例子简直不胜枚举。

正因如此，我才会顺理成章地猜测，他是被偶像养成游戏所影响，才想出这么个活动来的。

流之助不理会走神的我，继续说道："昨天委员会会议结束后，我立刻就和几个可以争取来做选手的女生通了气。不过最终，我还是决定打破私人选拔的局限，面向大众广泛募集志愿者。但是，首先必须有人打头阵，这样才能吸引其他人参加，只不过……"

"只不过没有一个人愿意协助你。"

"嗯，没错没错。"流之助重重地点了点头。

这就是他一见面就说"帮我介绍一个想当偶像的女生"的原因喽。倒也难怪，像他这样贸然拜托别人以偶像的身份在校内广播里演唱，遭到当面拒绝是很正常的。

"顺便问一下，可以争取的女生，都有谁啊？"

流之助数出了十来个女生的名字，无一不是同年级大受欢迎的女孩。在昨天放学后的短短时间里，他竟然跟这么多女生打过了招呼，这份行动力真可谓惊天动地。

佩服过后，我继续说："你的意思我明白了，但你来找我商量这件事没用啊，你认识的女生可比我多得多了。你要推出的偶像，必须是女孩才行吧？"

"那当然了。"流之助回答得毫不犹豫。

既然如此，他就不该来找我商量这件事。因为流之助不仅行动力强，人也长得英俊，哪怕随随便便一言不发，都能散发出抵挡不住的帅气。我则不同，像我这样长相平庸的男孩子，几乎没什么亲近的女生。

但不管怎样，我还是想了一圈可能的人选，不出所料地毫无头绪。

这时流之助说道：“唉，看来还真是不好办啊。我还以为你加入吹奏乐部，能有不少在音乐方面志同道合的朋友呢。”

“这是两码事。愿意参加这个活动的人，要么就是对自己很有信心，要么就是迫不及待地想让别人听见自己的歌声。不好意思，这两种朋友我都没……”

话未说完，一个念头忽然在我脑中闪过。

不对，有的。这样的朋友，是有一个。

“怎么？想到合适的人选了？！”流之助一个鱼跃扑了过来。

“啊，不是不是。不好意思，我刚才想到了别的事情。”我慌忙摆手否认，顺带将刚才的念头逐出脑海。

“不对不对，你肯定有人选了。来，别隐瞒了，老实交代吧，是吹奏乐部的学妹，对不对？”

“真的不是。好了好了，你也别太着急，还是先玩玩游戏，换换心情，没准儿过一会儿就能想出人选了。”

我力图改变话题，流之助却不依不饶，看样子还想刨根问底，但终究还是敌不过我的大力诱导，颇不情愿地从书包里掏出了便携游戏机。

我一边跟流之助合作玩着游戏，一边思考着刚才冒出的念头。起初还有些不以为意，后来竟渐渐变得认真起来，甚至因此在游戏里出现了几次操作失误，被流之助好一通埋怨。

眼瞅着游戏时间就要结束，我总算帮流之助完成了任务。看着他正从被打倒的魔兽身上搜刮装备，这时，我装作若无其事地说："关于刚才那件事……"

"嗯？哪件事？"

看来流之助已经彻底沉浸在游戏里，连刚才的事都给忘得一干二净了。这注意力转得也太快了。

"就是通过校内广播推出偶像的事啊。嗯，我暂时想到了一个人……"

"噢耶！果然有人选！"流之助把游戏机丢在床上，高声欢呼。

我稍稍偏转视线，避开他那双突然变得炯亮的眼眸，轻声说："有是有，但那人非常内向，就算同意，她恐怕也不愿透露真实身份。这样行吗？"

"呃……"流之助的声音骤然变得低沉下来，显得很为难，"隐瞒真实身份倒也不是绝对不行，但最好还是能让大家知道。秋叶原不是走出过一个偶像团体吗，她们的宣传口号就是'天天都能见面的偶像'，所以才会大受欢迎。这次活动策划也是同样的理念，要让大家知道，这个偶像是几年级几班的某某人，这种触手可及的亲近感非常重要。”

我低头叹了口气，有些遗憾，却也不无庆幸。然而，流之助的下一句话令我又惊讶地抬起了头——

“不过嘛，既然还没有其他候选人，那就先不用过于纠结这个问题了。说说吧，你想到的人究竟是谁？”

“这个……”我不知该如何回答，只好再次避开流之助充满期待的目光，“她可能也不愿意让我告诉你，所以最好连你在内也能保密……”

“喂，我说小花，她就算再内向，也不至于如此畏首畏尾吧？”

“反正差不多。”我只能含糊其辞。

流之助抱着膀子，仰头望天，嘴里嘟嘟囔囔，陷入了沉思。按照常理来说，这件事的确荒唐——偶像不是不可以保持神秘，但没听说过哪个偶像对自己所属的负责人也要隐瞒身份。

我还在想“反正不行就算了”，可等我回过神来，却发现自己已经对流之助说出了这样的话：“总之先听听她的歌声吧。”

“你现在就有音频吗？”

“嗯，她最近好像在向视频网站投稿呢。”

我摘下游戏机的电源，插上电脑的电源，一待电脑启动完毕，就迅速打开浏览器，找到页面左侧的收藏夹，点开了经常登录的视频投稿网站。

网站首页挤满了投稿视频的介绍，种类丰富，有将动画重新剪辑后配上自己喜欢音乐的 MAD 视频，有利用歌声合成软件演唱原创歌曲的视频，有为这类歌曲配上 PV 风格影像的视频，甚至还有配上真人歌手演唱影像的视频。除此之外，还有用可爱的动物影像制成的视频、游戏的实况录制视频、以著名游戏为题材的数码漫画风格的视频，等等。

在页面右上角的搜索栏内，我输入了那人的名字——雨宫蛙，搜索结果只有一项。这个视频演唱的是一首半年前在该网站流行的原创歌曲。

“播放数六百？这个……”流之助单手握着一瓶果汁饮料，从我身后探过头来，边喝果汁边说。

如果是受欢迎的歌手，播放数达到几十万次也不足为奇，所以他的这种反应很正常。

“这个雨宫蛙是你的朋友？”

“算是吧。”我还是只能含糊其辞地回答。

打开视频，经过几秒钟的缓冲，电脑里传出配以钢琴和小号伴奏的 POP 风格的前奏。

“音质真差。”流之助嘀咕着，又喝了口果汁。

然而，当雨宫蛙那欢快的歌声响起时，房间里的气氛顿时为之一变。

我用余光偷偷观察流之助的反应，只见刚刚还在漫不经心地看着播放数的他，此刻正神色郑重、目不转睛地盯着视频。

第一段副歌结束时，流之助一言不发地伸出手，把音箱的音量调高到了甚至有些刺耳的程度，而他本人则已完全沉浸在雨宫蛙的歌声里了。我本想立刻问问他的感受，可见他如此严肃认真的模样，就犹豫了。

播放器的进度条走到最右端，歌声彻底消失，流之助二话不说，挪动鼠标又把进度条拉回最前端，从头开始播放。直到听完第二遍，他才言简意赅地做出总结：“好得惊人。”

平时总是喋喋不休的流之助，眼下竟变得如此寡言少语，这说明他的感佩是由衷的。

我克制着内心的复杂情绪，不动声色地应道：“唱得再好，播放数也不见涨。”

“那没办法。她本身就不出名，唱的又是过时的歌，还没有任何噱头，自然难以引起关注。要想博得人气，必须在选曲、噱头或影像上多下功夫，而这个视频，歌声甚至没有经过任何后期修音。一般来说，至少也该加入混响才对。”

“混响？是指回声吗？可是，那样的后期手法太卑鄙了吧？”

“卑鄙？所有歌手都会做最低限度的后期修音，否则歌声就会游离于曲子之外，反而不够协调。但反过来说，这首歌未做丝毫后期加工，听起来却有如此大的魅力，所以才令人感到惊讶啊！”

自始至终，流之助的目光都没离开过视频画面。他又仔细听了一会儿，才自言自语般地说道：“呀，真的很棒。声音萌萌的，又仿佛带有一种空灵感。总之，我还想听她唱更多的歌，各种各样的歌。小花，这女孩是本校学生吧？”

“啊？嗯，没错。”我慌张地答道。

“那就没问题了。一号偶像确定，就是这个雨宫蛙！”流之助满意地点点头，然后像拍戏一样摆了个夸张的造型，指着电脑屏幕大声宣布。

这么轻易就决定了？我惊呆了。

流之助迅速转身对我说道：“就这么愉快地决定了，经纪人。”

“经、经纪人？我吗？”

“对。你是小蛙的经纪人，我是制作人。既然她的真实身份连我都想瞒着，那就只能由你在中间做经纪人了。你尽快联系小蛙，请她协助本次活动。对了，小蛙会修音吗？”

“啊？估计不太懂。”

“哦，那后期就由我来想办法吧。首播时间定在下周三，所以音频和传达给听众的问候务必要在周二晚上之前录好。”

“等、等一下。我会跟她说，但人家肯不肯帮忙……”

“哈哈哈！没问题的！我得去仔细研究研究后期修音，剩下的事就交给你了，花咲经纪人！”

流之助笑着冲我竖起大拇指，随即一口喝光果汁，拎起书包，把零食袋塞在我手里，跟着发出魔王般的笑声，飞一般地冲出了房间，丝毫不给我叫住他的机会。

我呆若木鸡地望着敞开的房门，过了许久，才把目光投向手里的零食袋——袋子里只剩几粒可怜兮兮的点心渣了。

刚才试听时，流之助设定的是单曲循环模式，所以电脑还在放着雨宫蛙的歌。我静静地听了片刻，才拿过自己的果汁喝了一口，润润干渴的喉咙。

此时此刻，我的一颗心满是期待与不安，随着那轻快悠扬的旋律跳动着……

难以言明的自己

只有用这样的声音歌唱时，

我才能成为理想中的自己。

是这个声音，造就了真正的我。

从广播室归来的流之助，一只脚刚迈进教室，就被等候多时的同学们围了起来。

“流之助，刚才唱歌的雨宫蛙究竟是几年级几班的哪位同学啊？”

“应该不是同年级的学生吧？三年级好像没有唱歌这么好的女生。”

大家把流之助团团围在中间，还有不少其他班级的学生也特地赶来。看来，那位身份不明的神秘偶像雨宫蛙已经一唱成名了。

流之助边示意大家安静边说：“很遗憾，我不能透露小蛙同学的真实身份，因为她太内向了，这也是她本人的意思。”

“有什么不能说的，至少是几年级的总可以透露一下吧？”

“啊，难道是歌唱得好，人却长得丑？”

“没这回事。小蛙同学体态苗条，四肢修长，那可是模特级的身材，而且眼睛大大的，还有一头宛若初夏嫩叶般的绿发，绝对是一位纯真可爱的美少女歌姬。”

“别胡扯了！还绿发呢，你说的是动画片里的女主角吧！”

“哈哈，绿头发，名字又叫雨宫蛙，说不定真像《青蛙军曹》[①]里的角色一样，一激动就会呱呱叫呢。”

“别瞎说！”

我一面装作预习下午的课程，一面仔细听他们交谈，生怕流之助说漏了嘴，把雨宫蛙是我朋友的事透露出去，但看来我的担心有些多余了。

我暂时松了口气，可就在抬头的一刹那，突然发现坐在斜前方的水濑已经停止看书，正望着我刚才偷偷窥视的方向。

她看着围聚在教室门口的众人，依旧面无表情，貌似只是觉得他们很吵，但我知道，事实恐怕并非如此。

我不禁想起当初水濑听见雨宫蛙的歌声时首次展露的笑颜。

“水濑，你也喜欢雨宫蛙的歌声吗？”

要是我这样问她，不知她会作何反应。

大家对流之助的提问攻势仍在继续，我再次望向那边，流之助觉察到了我的目光，悄悄冲我眨了眨眼。

我连忙条件反射般地低下头，生怕惹来大家的怀疑，本已舒展的脸颊不禁又绷紧了。

第五个时段的课程结束后，我离开教室返回宿舍，却在途中被

① 译者注：两栖类在日语中写作“两生类”，与“两声类”发音相同。

流之助带到了后教学楼的一间空教室里。

“哈哈！没想到首播就这么受欢迎。小花，你这个中间人功不可没，我必须得感谢你。”流之助显得格外开心。

在他那灿烂笑容的带动下，我也不禁面露微笑，随即郑重地向流之助询问了那件我始终在意的事：“感谢就不用了，这次活动下周还能继续吗？”

“啊？你这么问是什么意思？”

“你看，这次活动和以前的校内广播一点都不一样，难道老师们就没有抱怨吗？”

“原来是指这方面啊，没问题没问题。当然，老师们或多或少总会有些不满，这我早就预料到了。其实在今天广播结束前，教体育的土田老师就大嚷着闯进了广播室呢。”

“那这样还叫没问题啊？”我吐了个槽。

“不过，在我们表示已经得到广播部长的许可之后，他就迅速撤退了。”流之助愉快地说，“总之，你转告小蛙，下次还请继续帮忙，因为就算现在找到新的志愿者，也来不及参加下周的广播。对了，她可以多唱几首。”

“明白了。歌曲可以随便选吧，还是有什么要求？”

“选曲基本上可以随意，只不过……”流之助欲言又止，思考了片刻才继续说道，“只要小蛙愿意，下次也可以选择跟这次风格类似的歌曲，比如视频网站上的歌，还有深夜档动画片或电脑游戏的主题曲。我刚才问了问大家的感想，不少人都说这次的选曲很好呢。多数高中生都没机会听到这类歌曲，偏偏在这个领域里有无数好听的歌。我和你常听的歌能被其他人喜欢认可，这多好啊！”

“没错没错。”我频频点头。

平时，无论我如何向别人推荐好听的歌，只要一听说是动画片的主题曲，大家往往都会敬而远之，能交流的对象只有流之助一人。这始终是件憾事。

“那我就如实转告小蛙了。”

“嗯，交给你了，花咲经纪人！”

流之助似乎彻底入了戏，真把自己当成了经纪人，大模大样地叮嘱着，我不禁暗自苦笑。谁知下一刻，他却突然面露愁色，涩声地说：“可是太遗憾了，小蛙她不见我啊。小花，你有没有告诉小蛙，我是一个洁身自好、诚恳朴实的绅士？你没有故意歪曲事实吧？”

“都转告了，可是我早就说过，她很怕生……”

“你不用像防贼一样防着我，我应该……是不会对好朋友的女朋友下手的……”

“根本没那回事！”

“哈哈！小花，你是不是浪漫爱情电视剧看多了？刚才这句话可是那些超级迟钝的主人公的惯用语啊。”

说完，流之助继续半开玩笑地捉弄着我，而我只能哼哈应对。就在这时，上课铃声响了，我俩急忙奔向楼上的家政学教室。

流之助走在前面，我望着他的背影，默默地道了个歉。

我并不是不想让他和雨宫蛙见面，只是实在无能为力。所以，只能任由流之助继续在心里幻想那位拥有模特身材的大眼绿发美女了。

◇

我所在的吹奏乐部，每周三和周五是自主练习时间，但是因为部里活动极少，所以成员很少认真参与。

今天的自主练习时间也一样，我一放学就回了家。平时早早回家，不是为了上网，就是为了做作业，唯独今天，我有很重要的事情要做。

我要去见雨宫蛙。

回到家里，我迅速换下校服，将必要的物品塞进书包，就骑上自行车又出了家门。父母最早 6 点左右就会下班回家，为了避免被他们问东问西，我打算在那个时间之前就回来。

我骑着自行车，飞驰在晚霞辉映的街道上，心里似乎并不觉得有多急迫，可是骑着骑着，速度就自然而然地变快了。

黄昏时的微风无比温柔，拂在身上格外惬意。我一边蹬着脚踏板，一边情不自禁地哼唱起喜欢的歌。只要再忍耐片刻，就能尽情

是这个声音，
造就了真正的我。

地放声歌唱了。

骑了约有十分钟，我来到一家超市前，把自行车停在那里的停车场里，随后走向目的地。那是一家门脸不大的 KTV 店，开在超市旁的巷子里。站在马路对面望向店门口，只见柜台前空无一人，我顿时松了口气。因为偶尔会有成群结队的不良高中生在门口排队，每到那时，我都会犹豫还要不要进去。

步入店内，一股入墙三分的刺鼻烟味儿扑面而来。在服务员例行公事的吆喝声中，我取过柜台上的登记表，轻车熟路地写下若干数字——1 人 1 小时，年龄 16 岁。我把年龄往上虚报了两岁，因为未满 16 岁只能唱到 5 点钟。

这里的费用跟看一个小时的《漫画周刊》差不多。我付了钱，接过印有房间编号的卡片，对店员熟极而流的介绍充耳不闻，一心迫不及待地走向指定的房间。

那个房间位于过道最里面，位置刚好，不会有人路过偷看。

我反手关起房门，把书包放在沙发上，立刻开始了发声练习。

我将手轻按在喉结上，尝试用各种音高去模仿雨宫蛙的声音，反复调整喉头的紧度，多次练习之后，我的声音在不知不觉间就变得判若两人了——从低沉的男声变成了校内广播里的雨宫蛙的声音。

“好了。”我用女声嘀咕道。

的确好了，准备完毕。

能发出女孩的声音，这是我的秘技。

常逛视频投稿网站的网民，把掌握这种特技的人称为“两声类”，因为这样的人既能唱男声，又能唱女声。至于这种称谓的由来，则是出自对青蛙、蝾螈等“两栖类”[①]的恶搞。

我从书包里取出笔记本电脑和麦克风，放在桌上。笔记本电脑是父亲用旧换下给我用的，麦克风则是趁网购促销，以原价的六折——150 块钱买来的。虽然性能全都马马虎虎，但用来录音是足够了。

在等待电脑开机的时间里，我不禁又想起今天播放校内广播时，大家在教室里听见雨宫蛙歌声时的反应。当时肯定没人怀疑歌声的主人其实是个男孩子，也肯定有人凭借声音幻想过雨宫蛙的模样——一个美丽可爱的女孩，尽管这与真实相貌相去甚远。

这样想着，我不禁笑出声来，并用雨宫蛙的声音喃喃自语地说：“没见你这么开心过呢。”

这声音非常可爱，并不逊色于真正的女孩声音，令我心头一阵火热。然而下一瞬间，当我不经意地望向旁边时，心里顿时凉了下来。

那边的墙上挂着一面镜子，镜子里映出我那张皮肤微黑的脸。

啊啊……真恶心。

其实，那张脸并非特别难看，虽然不像流之助那般俊美，但鼻梁还算高挺，也没生出坑坑洼洼的粉刺，身材整体来说也算匀称修

---

① 译者注：两栖类在日语中写作“两生类”，与“两声类”发音相同。

长，但是绝对称不上健壮。

尽管如此，这副模样也与我理想中的自己完全不同。纤细有余但间距过宽的双肩、密密麻麻生满绒毛的手脚、骨架粗大的轮廓、下巴上刮过胡子留下的青痕、目光炯炯的双眼……所有一切都不合心，都让我觉得很讨厌。

KTV 的包房里为什么要挂镜子？我暗自腹诽了好一会儿，才重新整理好心情。

录音之前，我先随便唱了一首歌开嗓，然后用遥控器点选了一首喜欢的歌。正前方的电视画面切换，映出歌名，音箱里开始响起前奏。我从沙发上站起身，轻轻闭上双眼。

虽然我的模样与理想中的自己完全不同，但幸运的是，我还拥有这样的声音。

我就这样闭着双眼，用女声唱出了谙熟于心的歌词。那一瞬间，我从花咲圭吾变成了雨宫蛙。

只有用这样的声音歌唱时，我才能成为理想中的自己。是这个声音，造就了真正的我。

此时此刻，我是雨宫蛙。

第一次交流

然而，正是我那平平无奇的歌声，

却令水濑露出了前所未见的笑颜。

这让我很开心，但更多的则是疑惑和不解。

我以前只知道水濑有两种表情，一种是绝对意义上的毫无表情，另一种是眉头微蹙的厌烦表情。而如今，这位冰山公主似乎有了新的表情。

我偷偷观察着水濑脸上的第三种表情——那是与其绰号极不相符的笑颜，也是直到上周三才被我偶然发现的。

今天又是星期三，校内广播趁热打铁，继续在午休时间播放雨宫蛙的歌。上周首播时，我还担心被人识破雨宫蛙的真实身份，着实忐忑了一番，而今天，我已经能够静下心来收听广播，并未感到紧张。

“小花，这就是你常说的那个视频投稿网站上的歌吧？”趁歌曲进入间奏，阿东冲我问道。

“是的。”我从水濑脸上收回目光。

“果然。真厉害！你要不说，我绝对会以为这是专业作曲家写的歌呢。”阿东由衷表示赞叹。

我能理解他的心情，因为我刚开始接触视频投稿网站时，也被吓了一大跳呢。网上真的有很多人拥有出色的技巧和乐感，我当初甚至也怀疑过他们是不是专业人士。

“可是，这个叫雨宫蛙的女生，为什么要一直唱这种古怪的歌呢？她唱得这么好，明明可以选择更有名的歌曲。”对面的森下冷冷说道。

“说什么呢？什么叫古怪的歌？这首歌我就喜欢。小花，既然这是视频投稿网站上的歌，是不是上那个网站就能免费听啊？”阿东不满地驳斥森下，随后冲着我问道。

“是的。不过这首歌的原视频是用软件唱的，如果你不喜欢，可以从播放排行榜里搜索歌名《试着唱了唱》。这首歌非常流行，所以翻唱的优秀歌手很多。”

“哦。对了，小蛙唱的也在上面吧？”

“啊？这可不好说，我之前搜索时是没有的……”

我支吾着，心里觉得痒痒的。因为不知从何时起，不光是流之助，就连阿东也开始使用“小蛙”这个称呼了。

奇怪的是，听人这样称呼自己，我虽然感到有些害羞，但是丝毫也不觉得讨厌。

“这样啊，可是我喜欢小蛙唱的。”阿东显得很失望，又突然像是想起了什么，“对了，差点忘了，其实我有事儿想拜托你。”

“阿东，别吵！”

阿东刚开口，恰好最后一段副歌开始，在沼田的呵斥下，我也下意识地跟阿东齐齐闭上了嘴。

随后，我小声问阿东：“是什么事？”

“还是过后再说吧，麻烦你午休时抽点时间出来。”

预感告诉我，阿东的拜托准没好事，但我还是先点头答应了。

接下来，我还打算继续偷瞧水濑，可不巧的是，就在我看向她的一瞬间，恰好迎上了她的目光。视线交会在电光火石之间，我根本来不及避开。

广播里仍在播放雨宫蛙的歌声，但水濑的笑容一下子就消失不见了，面无表情地继续吃饭。我也只能佯装无事地叼起牛奶吸管，暗暗责备自己破坏了人家难得的愉快时光。

但不管怎么说，任何时候都面无表情的水濑，只有在听见雨宫蛙的歌声时才会露出微笑，可见她很喜欢，这一点应该是毋庸置疑的。我不免有些沾沾自喜。

随着流之助在节目最后发动的第二次偶像募集，广播结束了。

或许到下周就能出现一两个应征者，就算没人参加也无所谓……这些念头在我脑中频频闪过。

起初，我只是出于帮忙的考虑，打算在募集到人选之前救救急而已，但不知不觉地，我开始希望能够继续保持雨宫蛙的身份了。

偶像这份职业，还是蛮有趣的。

◇

“拜托了！”

阿东双手合十，冲我九十度弯腰鞠躬，像在拜神一样。

我俩正站在通往楼顶的楼梯转角处，在昏暗的楼梯下方，充斥着午休时间的喧闹嘈杂。

“等、等一下，这事我也没时间呀。”

我不知所措地俯视着阿东留着平头的后脑勺。看样子要是我不答应，他甚至会跪下来求我。

阿东的请求并不像我先前预想的那样不着边际，但也不是什么好办的事儿。简单来说，他是想让我在放学后替他作为图书委员值班。

“我这学期是星期三值班，上周是头一次，结果值完班再参加部里的活动就迟到了，被土田部长狠狠骂了一顿。你也知道，土田那人根本不待见委员会的工作。”见我有些困惑，阿东抬头解释原由。

顺带一提，阿东参加的是足球部，部里对待活动的态度十分积极，是我所在的吹奏乐部完全不能相比的。

“足球部成员众多，如果不认真训练，就没有参赛机会。今年又是最后一年了，我无论如何都想进入轮换阵容，所以值班的事就求你帮帮忙吧。”阿东再次深深弯腰，向我鞠了一躬。

“情况我了解了，但为什么偏要找我？虽然我周三的确不参加部里的活动，但你也可以找流之助那种‘回家部’的人啊。”我无奈地问。

“那些很闲的家伙我基本上全问过了，可是都被拒绝了，小花你是我唯一的希望了。”

被他这么一说，我更为难了，但看着阿东可怜兮兮的目光，我犹豫半晌，终究只能深深叹了口气。

没办法了。周三不能录歌的话，那就周五再录好了。何况作为朋友，我也想为阿东进入轮换阵容出一份力。

“好吧，图书委员的值班任务就由我代劳。”

“啊啊，你可真是我的好兄弟！这次对不住了，要什么谢礼随便你说，只要是我能送得起的。”

“行行，我待会儿想想。”我冲反复道谢的阿东摆了摆手，忽然心头一动，“对了，图书委员有两个人吧？除了你，另一个人是谁？”

“啊，这个嘛……”阿东突然变得吞吞吐吐。

这种反应是怎么回事？有必要如此踌躇难言吗？

见我面露疑色，阿东终于费力地说出了那人的名字：“……是冰山公主。”

大扫除时，阿东跟水濑说过了这件事，所以我打算等扫除结束，就和她一起去图书室。可当我背上书包，却发现水濑已经离开了教室。

大家同在一个班里，稍微等等根本耽误不了多少时间，可她还是自己先走了。

我匆匆打开位于后教学楼一楼的图书室大门，只见水濑正坐在门旁的柜台后面，手里捧着一本书在读。

“不好意思，我来迟了。”我边向她举手示意边说。

水濑缓缓抬头，飞快地向我这边瞥了一眼，随即面无表情地把目光重新投回书上。她的反应就好像错以为有人进来了一样。

我望着水濑的背影，又瞧了瞧自己举到一半的手，暗叹一声，轻轻关上门，绕过柜台，在并排的几张椅子里选了一个离水濑不远不近的座位，坐了下来。

放学后的图书室里空荡荡的，我抬手数着学生的人数，只有五人，数到六时指的是自己，数到七时指向了水濑。

不知水濑是因为专心看书并未察觉，还是对我的举动不感兴趣，总之毫无反应。无论出于哪种原因，我都没法跟她搭话。要是她能看过来，我就可以借机问她：“能不能教教我工作流程”或者是“你在看什么书”。

我缓缓放下指向水濑的手指，端正坐姿，目视前方。值班期间私自交头接耳当然是不妥的，但一想到这人是水濑，我就觉得从身边散发出来的气息格外压抑，使我不得不绷紧神经，屏住呼吸。

不，水濑并不会在意别人怎样，所以这种想法只是我的一厢情愿罢了。虽然清楚这一点，但我仍不可避免地感到紧张，甚至不敢走向书架找本书来打发时间。

先前我询问阿东另一个图书委员是谁时，我还以为自己明白了他吞吞吐吐的原因。然而就在此刻，我突然觉得，阿东之所以把工作推给我，并不是因为什么轮换阵容，而是因为他无法忍受这种沉重压抑的气氛。

此时值班刚刚开始，离图书室闭馆还有近一个小时的时间。看来在收工之前，我只能一直坐在这里修炼闭口禅了，悔不该当初轻易答应阿东的请求啊。

我面朝正前方，只用余光偷偷观察着水濑。除了偶尔翻动书页之外，她的身体简直纹丝不动。

望着水濑这个样子，我突然想，她真是和当初一模一样，没有任何改变呢。

水濑是在去年第二学期的开学那天转校来的。当这位戴眼镜的美少女跟在老师身后走进教室时，部分男生甚至低声欢呼起来。不过，等到水濑结束自我介绍后，原本兴奋热闹的气氛就立刻烟消云散了。

“我叫水濑都，请多关照。”

在老师的催促下，水濑勉强做了自我介绍，却只有这短短两句话，而且语气凛然，潜台词显然是拒人于千里之外。

我听完水濑的自我介绍就知道，她不想和别人有任何来往。对这种人我倒没什么特别的看法，只是不大喜欢。

事实上，从转校第一天起，水濑和同班同学就几乎没有任何交流。我记得自己就曾多次目睹班里的大姐大带着几个跟班和她搭话，水濑却毫不理睬。

不知她的这种态度究竟是出于天生的性格，还是另有隐情，总之没过三天，班里的女生就开始在背后说她坏话，什么“性格阴郁”、“高傲自大”，等等。当然，这与她出众的容貌或许也不无关系。

不过，水濑在男生中的人气始终居高不下，只是没有哪位勇士敢轻易同这位孤傲的美少女搭话，所以顶多只是不说她的坏话而已，和她之间依然隔着遥远的距离，这一点与女生们的情况并无二致。

因此，尽管水濑转校已有半年多了，我却从未见她认真地跟同学交谈过。不知从何时起，“冰山公主”也成了她的专属称谓。坦率地说，我觉得这个绰号实在恰当。

夕阳从西窗外洒入淡淡的余晖，照在水濑毫无表情的侧脸上。

要是她能露出听雨宫蛙唱歌时的那种笑颜，与之交谈想必会容易些吧。

我边想边望向挂在墙上的时钟，值班时间已经过去三十分钟了，我们却还没说过一句话。从没想到，只是沉默地坐着，竟也能如此辛苦。

我正用满含仇恨的目光死死盯着缓慢挪动的时针，突然想到一件事，再次用余光瞧向水濑。

她为什么那么喜欢雨宫蛙呢？

虽然流之助和其他同学纷纷夸赞雨宫蛙唱得好，但我并没有自恋地以为自己的歌声有多特别。在视频投稿网站上，有太多人都比我唱得好多了。

然而，正是我那平平无奇的歌声，却令水濑露出了前所未见的笑颜。这让我很开心，但更多的则是疑惑和不解。

这时，坐在最后一排座位上学习的学弟收拾东西离开了，昏暗的图书室里只剩下我和水濑两个人，令人窒息的气氛变得越发浓重了。

我不禁在心里呐喊，快点结束吧，闭口禅也不能无限度地修炼下去呀。

我瞥向水濑，恰好见她刚读完书，正把书塞进书包，连忙抓住时机说："水、水濑……"

我没想到自己的声音竟然大得离谱，整个房间都在回响。水濑立刻停下了手上的动作，向我这边扭过头来，僵硬的反应简直就像声控机器人一样。

上次和她说话是什么时候的事了？该不会这就是头一次吧？在两道冷漠目光的注视下，我战战兢兢地拼命寻找话题。

"嗯，水濑，你是不是喜欢今天午休时广播里播放的歌曲？就是叫雨宫蛙的女孩唱的那首。"

水濑皱起眉头，眉间现出细小的褶皱。我见她如此反应，越发慌张地说："哎呀！对不起！是我太唐突了！我只是觉得，播放那首歌的时候你好像笑了，所以才以为你可能喜欢……"

"我？"水濑的语气毫无抑扬顿挫。

单从语气上推测，我猜不出下一句会是“不可能笑”，还是“的确笑了”。只是她不说出下一句，我就不知道眼下是该道歉还是该附和。交流真困难啊。

我等着水濑说出下一句话，她却默默转过头，又从书包里拿出一本书，摊开放在柜台上，看样子并不打算继续回答我的问题。

唉，冰山公主作出这样的反应，倒也不足为奇，反而是自己刚才搭话的勇气足以自傲。我正扬扬自得，旁边忽然传来一个冷淡的声音——

“是的。”

我惊讶地转过头，见水濑看着面前展开的书，淡淡地说：“因为她唱歌时似乎很开心。”

短短一句话，却令我许久没回过神来。

我呆呆地凝视着水濑的侧脸，胸口渐渐变得火热。尽管麦克风是打折甩卖的便宜货，尽管学校的喇叭也不怎么好，我唱歌时的心情却准确无误地传递到了水濑心里，这种感觉实在太棒了。

“其实，那个雨宫蛙是我朋友。”极度喜悦之下，我竟然不知不觉就说漏了嘴。

水濑再次看向我，尽管依旧面无表情，但这次的反应却比先前快了不少。

我曾反复叮嘱流之助不要透露这件事，如今却自己说漏了嘴，要是被他知道，肯定免不了一通抱怨。好在眼前的人是水濑，倒不用担心她会说出去。

我一边想，一边看着水濑继续说："把小蛙介绍给流之助，啊！就是佐佐木的人也是我。所以，如果你有想听的歌，可以告诉我，我会转告给她。"

"……为什么要问我？"

"这个……不为什么……"我敷衍道。

其实真的没什么理由，我只是觉得自己唱什么歌都无所谓，倒不如选择水濑喜欢的歌。

水濑低下头一言不发。她是不是在想该选什么歌呢？说起来，她平时喜欢听什么样的歌呢？从给人的印象来看，她应该是只喜欢古典音乐的，不知道有没有听过最近的热门歌曲。

我还在琢磨，水濑突然问道："你知道《月光爱丽丝》吗？"

"啊？"

这个歌名大大出乎了我的意料。

"她要是知道就好了。"

"啊，这首歌她应该知道……"

岂止知道，这可是我最喜欢的歌曲之一。但这并不是我惊讶的原因，而是因为这首歌并不是普通歌手演唱的歌，而是视频投稿网站上的原创歌曲。哪怕水濑说出的是当红美少年偶像团体所唱的歌，我都不会感到如此震惊。

难道水濑也会浏览视频投稿网站？想象着这位冰山公主面无表

情地观看爆笑 MAD 的画面，实在是太超现实主义了。

“我姐姐喜欢浏览这类网站，还经常让我听上面的歌，因为我自己平时不怎么听歌。”水濑很快就解答了我的疑惑。

我明白了，原来这是她姐姐的爱好。不过，水濑竟然还有这样一位姐姐，倒是又令我吃了一惊。

“明白了，我会转告小蛙的，不过这件事不要告诉别人。我刚才不小心说漏了嘴，其实她的真实身份以及是我朋友这件事，都得保密。”

水濑轻轻点了点头。

交谈至此告一段落，水濑继续看书，我则继续修炼闭口禅。望着空旷的房间，我觉得自己鼓起勇气跟水濑搭话，算是做对了。光是知道水濑和我喜欢同一首歌，就让我觉得她离我更近了，从“冰山公主”融化成了“雪之女王”。

就在我满足陶醉之际，水濑突然说道：“她的名字好奇怪啊。”

我吓了一跳，连忙望向水濑，见她的视线并未离开手中的书。此时距离上次交谈已经过了很久，所以我还以为她真的是在自言自语呢。然而下一刻，水濑就扭头看着我问道：“她的名字里为什么会有个‘蛙’字？这也要保密吗？”

“啊？啊……因为她喜欢青蛙。”

“哦。”

对话就此结束。

望着水濑用细长白嫩的手指翻动书页，我感到很困惑——她为什么突然问起名字的由来呢？究竟只是单纯地想要了解雨宫蛙，还是像我刚才一样终于耐不住沉默了？

不。耐不住沉默？这对堂堂冰山公主来说是不可能的。我暗自苦笑，掐灭了这个念头。

那天直到最后，也没有其他学生走进图书室，水濑也再未开过口。不过，自从那次交谈之后，我俩之间的紧张气氛仿佛一下子缓和了许多。

深藏的内心

我想让更多人听见我的歌声，

想让更多人以为我是女孩子。

仿佛光是这样，

就能让我距离自己的愿望更近一步。

“之所以叫雨宫蛙这个名字，是因为她喜欢青蛙。”

我那时是毫不犹豫地如此回答水濑的，但实际上，“喜欢”这个词并不太恰当。如果只论单纯的喜欢，我更中意那些可爱的小猫小兔。

至于为什么特意在名字里选用“蛙”这个字，是因为我很羡慕青蛙。

事情源自几年前看过的一个电视节目。那是一档在晚餐时间播放的动物栏目，我记得那天介绍的是外国的一种青蛙。那种青蛙身体格外扁平，长着一张讨人喜欢的脸。

节目的旁白是位男性，出于搞笑目的，故意使用女性用语给青蛙配音——

“别看人家现在是雌性，其实前不久还是雄性呢。”

根据解说，那种青蛙曾集体受到某种化学物质的影响，结果在发育过程中，部分雄性青蛙发生性逆转，变成了雌性。这种性逆转不仅仅体现在外表，连同身体内部也都彻底改变了。参加节目的嘉宾们纷纷发出夸张的惊叫，旁白则继续以女性口吻作出解释，原来那种化学物质是农业除草剂所含的一种环境激素。

父亲听完，当即以严肃的口吻责备了人类的胡作非为，认为这是造成环境污染的罪魁祸首，而坐在另一侧的母亲却因不敢看青蛙，吵着要换台。我坐在父母中间，望着电视屏幕里那张无忧无虑的蛙脸，别有一番感慨——

青蛙竟能如此轻易地改变性别，真令人羡慕啊。

我具体记不清自己是从何时开始有这种想法的，只记得在小学低年级的时候，有一次文艺表演会排练舞台剧，为了配合人数，我被安排扮演了一个女孩的角色，而我却觉得很开心。也许就是从那时开始的吧，不过说到最早的清醒认识，大概是在小学五年级的夏天。

当时，有个女孩和我关系很好。我也不记得当初是怎样交到这个朋友的，只知道自己从小就喜欢可爱漂亮的东西，喜欢的游戏也是女孩爱玩的，所以跟她很合得来。她经常邀请我去她家里玩，给我看她的布娃娃，还有少女杂志。她是一个很纯洁、很朴实的女孩子。

我的男性朋友们——以流之助为首也曾取笑过我，问我是不是正在和她交往，但我并无此意，我想她也一样。当时我认为，我和她只是关系很好的朋友，与性别无关。然而，就在升入高年级的时候，我们之间的关系发生了变化。

升入高年级以后，无论男孩还是女孩，身体都渐渐起了变化。

我的变化来得更早，才小学五年级就隐约长出了胡须，手脚上的体毛也变得明显起来。身高在一年内长了十多厘米，还开始变声，上音乐课时相当尴尬。而她，胸脯也开始鼓了起来，整体身材也变得女性化了。

随着对身体差异的认识越来越清晰，我和她在一起时，渐渐开始莫名其妙地感到心慌。虽然交谈和玩耍时还像以前一样开心，但不知道为什么，我总会在某个瞬间觉得胸口憋闷，喘不过气。

就在这样的状态下，一次夏祭时，她很郑重地邀我单独陪她游玩。

虽说我以前也和其他朋友们参加过夏祭，但只有两个人去还是头一次，所以我一反常态，心里七上八下，那种感觉简直像是和恋人约会一样。

我一直把她当作同性朋友，所以起初很犹豫，但绝不是讨厌，而且最重要的是，我在她家里看过很多少女漫画，对于恋爱的憧憬比身边的男孩子更加强烈，所以到了夏祭当天，我把自己想象成漫画里的主人公，满心期待地出了家门。

可是，就在我抵达见面地点的同时，这份美好的心情就一下子烟消云散了。

我至今仍清楚地记得她当时的模样——平时总是扎成马尾辫的头发放了下来，身上穿着一件桃粉色的浴衣，衬得肌肤更显白嫩，一见我来，就露出了羞涩的微笑。以漫画来说，这一幕分明就是青梅竹马的友情转变为恋情的场景。

然而见到她的一瞬间，我立刻就想转身逃回家。当时我也不明白自己为什么会这样。

离她还有老远时，我就不由自主地停下脚步，僵立在原地，是她向我跑了过来。我俩开始在热闹的夜市上闲逛，边走边聊，但我早已忘记交谈的内容，只记得走得越久，心里就越压抑，丝毫不觉得愉快。

直到夜幕降临的那一刻，我才意识到自己感到苦闷的原因。当时，周围的人越来越多，为了避免走散，我本想握住她的手，可是就在那个瞬间，我们俩的手清晰地映入了我的眼帘——

她露在浴衣袖口外面的手洁白美丽，而我的手指则宽大粗糙，上面还长满绒毛，而且明明没怎么晒过太阳，肤色却显得黑乎乎的。

望着两只截然不同的手，我不禁感到呼吸一窒。

为什么？明明不久之前还没感到如此大的不同。什么时候变成这样子了？

为什么我的手不像她的手那样好看？不，不光是手，她整个人都那么漂亮可爱，相比之下，我却……

那一瞬间，我明白了。我并不是想成为她的男朋友，而是想成为她，成为像她那样漂亮可爱的女孩子。

我之所以感到心慌，肯定就是这个原因。只要和她在一起，我就会下意识地把自己的容貌与她做比较，就会清楚地认识到自己是个男孩子，和她并不一样。

——没错，我一直都想当个女孩子。

我根本无法去握她的手，只能中途收回。祭祀的奏乐声仿佛骤然间变得杳不可闻，而我忽然发现，自己眼中竟然没有了她的身影。也许是我故意视而不见吧……

从那以后，我开始有意识地与她保持距离，面对她的邀请，总会找出适当的借口拒绝。结果自然而然地，我和她就变得疏远了。到了第二学年换班时，我俩自小学入学以来头一次分到了不同的班级。后来，她升入私立高中，我们俩从此便再未见过面。

可是，即使不再见她，当初萌生的那个秘密愿望也从未消失。

当时，我每次去神社都会祈求神把我变成女孩子。每到七夕，我都会在悄悄挂起的短笺上写下“保佑我变成女孩子”。我还无数次幻想过，神能够听见我的祈祷，也许某天早上醒来，就会发现自己真的变成了女孩。尽管这听上去很傻，但我是认真的。

我在流之助家里看过一部动画片，里面有位男扮女装的少年，我就非常羡慕他。在动漫和游戏的世界里，像这种男扮女装惟妙惟肖的美少年并不罕见。所以我想，就算无法改变性别，至少能变成那样也好。

于是，我模仿着动画片里的角色，甚至试穿过女装。可是，当我穿上朝母亲借来的衣服，一照镜子，却只感到无比厌恶自己。

大概在升入高中时，我开始对“性别认同障碍”产生了兴趣。

患有性别认同障碍的人，其心理和身体对性别的认知并不一致，而这种状态简直和我的感受一模一样。

但经过详细调查后我才明白，我的感受恐怕并没有那样夸张，只不过是对无法实现的愿望的单纯憧憬罢了。因为喜欢可爱美丽的事物，所以自己也想变成那样，希望自己变得与那些事物相称。简而言之就是，正因为不可能实现，所以才会憧憬。

我也想客观分析自己的愿望，从理性的角度加以理解，告诉自己这种事情是绝对不可能实现的，想得再多也没用。可是就算这样，那个愿望也从未消失过。

当然，我并未完全放弃，仍然努力向理想中的自己靠近。可是，不管我怎样拼命拔掉那些毫无用处的体毛，它们还是会不停地长出来，根本拔不完。而且，我的零花钱也不够买脱毛膏和女性美容杂志。就这样，我的身体离理想中的自己越来越远，我对这个身体的厌恶感也越来越强烈。

处境如此痛苦，我却找不到任何能商量的人。渴望变成女孩子——如此不正常的愿望，自然不能让家人、朋友乃至任何人知道。无论在学校还是家里，我自认为都伪装得很好。哪怕因为下意识的女性化措辞或举止而被人捉弄，应该也没有招来更多的怀疑。

要是能像骗过别人一样骗过自己的心，那该多好啊。然而这是不可能的。无法实现的愿望越来越膨大，我在沉重的压力下也越来越苦闷。但终于，我找到了一个办法，唯一一个能让我成为理想中的自己的办法——那就是两声类。

我是在去年夏天知道两声类的。当时，我只要做作业累了，就会上视频投稿网站看看视频，当作休息。有一天，我打开那个网站，见排行榜前列里有一个很流行的原创歌曲的翻唱视频，就鬼使神差地按下了播放键。

视频里的女声听起来就像小学生，我当时只是像往常一样，羡慕女孩能用如此可爱的声音歌唱，没想到突然看见一个网友在视频下方发表的评论——“这人真是男的吗？”

我当场惊讶得喊出声来，连忙看向视频内容的简介标签，见上面写着“两声类”这个很陌生的词，此外还有“投稿者为男性”、“性别不明”等字样。

我简直难以置信，因为那歌声听起来完全就是女孩的声音。

视频结束了好半天，我仍在望着屏幕发呆，直到缓过神来，立刻开始搜索两声类的相关内容，很快就查到了好几个介绍如何发出女声的网站。

我当时只有一个念头，那就是自己得救了。

无论我怎样努力，容貌都不可能变得像女孩一样可爱，但是声音呢？只要改变声音，或许还是能够成为理想中的自己的。

随后，我也顾不上第二天就要交的作业，一门心思投入到女声的练习当中。如何发出假声、如何调整呼吸、如何收紧喉头……由于网上的信息杂乱零散，而且用语专业深奥，我始终无法发出理想的女声，一时非常失望，以为自己并不具备两声类的资质。

尽管如此，我依然每天不辍练习，就这样过了几个月，终于让我掌握了发声的窍门。第一次正确发出女声时，我兴奋得难以自已，甚至熄灯上床躺进被窝后还在继续练习，生怕一不小心就忘了如何正确发声。

能够发出理想的女声后，我把每周所有的零花钱都投进了KTV。只有在那个狭窄的、满是烟味的房间里歌唱时，我才能成为真正的自己。

就这样唱着唱着，我开始希望能有人听见我的歌声，后来终于下定决心，开始向视频网站投稿。尽管播放数并不理想，但每当看见有人发表评论称赞声音可爱时，我就觉得心头一阵火热。

发表这些评论的人，肯定都以为我是个女孩子。每当这样想的时候，我就觉得仿佛美梦成真了。

我想让更多人听见我的歌声，想让更多人以为我是女孩子。仿佛光是这样，就能让我距离自己的愿望更近一步。

就是在这样的背景下，流之助来找我商量了校内广播新活动的事。

◇

“大家下午好，我是雨宫蛙。像这样给大家唱歌，到今天已经是第三次了。广播委员长流之助总是叹息着说，这次活动除了我以外，一直没有其他人参加。所以，哪怕只是稍感兴趣的同学，也请随时到广播室来。”

喇叭里传出雨宫蛙的声音，语气比起第一次广播时，已经流畅自然了许多。

“流之助那个浑蛋，和小蛙究竟是什么关系！？”

听见雨宫蛙直呼流之助的名字，教室角落里顿时有人低声惊呼，我不禁微微一笑。

广播里的雨宫蛙继续轻声说道：“今天给大家带来的是某人专门点的一首歌，好像是她很喜欢的歌。其实，这首歌我也非常喜欢。自己喜欢的歌曲能够被别人喜欢，真是一件开心的事呢。下面就请大家欣赏这首歌，名字叫作——”

就在这时，我察觉到了水濑投来的目光。雨宫蛙所说的歌，正是她上周提出的那首歌。我冲水濑露出一个高深莫测的微笑，她则面无表情地收回目光，继而仰头望着喇叭。

歌曲播放没多久，水濑就微微翘起淡粉色的唇角，露出笑意。见她如此，我也感到心满意足。

望着水濑的笑颜，我心想，今天放学后是不是再问问她想听哪首歌呢。

从此刻起，我对图书室里的值班时间充满了期待。

既陌生又熟悉

我在图书室门前停下脚步，侧耳倾听。

虽然这个声音听起来很陌生，

但此时此刻，在图书室里的人想必只有……

在一个月的时间里，由流之助发起的校内广播偶像活动进展顺利。

在雨宫蛙的粉丝网站上，每天都有人发送点歌和应援的消息。在津岛同学管理的班级内部论坛上，雨宫蛙的相关话题也始终不断。但遗憾的是，那个网站是仅限手机登录的，所以我无法浏览。

另外，雨宫蛙迄今所唱歌曲的全收录 CD 发行计划也已确定，由希望得到 CD 的人自己提供空盘，在广播室刻录好歌曲数据后，再用原创的封面包好寄回。据说，该活动从本月下旬就开始申请报名了。

进入本月以后，这次活动终于出现了除雨宫蛙之外的其他参加者，二年级和一年级的学生各一人。因此，节目的播放形式也有了少许变化。

“总而言之，就是需要小蛙担任整个节目的主持人。还和以前一样，除了节目开始时的问候，还有中间承上启下的部分，其余时间就是读一读粉丝来信，回答听众提问。其实从很早以前，就有大量粉丝提出要求，希望我们能把节目做成电台的形式，这样就能更多地听见小蛙的声音。由此来看，改版后的节目肯定比现在更受欢迎。怎么样？能不能问问小蛙？”流之助坐在我床上问道。

我点头应道：“好，我问问看。节目要是能像现在的声优电台一样，增加谈话部分就好了。对了，歌曲数量还和以前一样吗？”

“嗯，新参加的那两个人说无法做到每周都录歌，所以小蛙还像以前一样，可以唱两首。老实说，我倒是希望这节目没有其他志愿者，只有小蛙一个人。”流之助小声地加了一句。

明明是他自己要募集志愿者的，现在却说这种话。不过听他这么说，我还挺高兴的。

“哦，对了，把这个也交给小蛙。这是雨宫蛙首张专辑的封面设计方案。”

“封面？不是离发行还有半个多月吗？”

“当然是越早敲定越好了。这是我找网上认识的画家画的，我把以前你所说的小蛙的特征都告诉他了，感觉怎么样？”

说着，流之助从文件夹里抽出一张纸递给了我。纸上印着一幅素描，画的是一个手握麦克风的女孩，模样略显羞涩。看见这幅画的一瞬间，我的心脏立刻一阵狂跳。

“怎么样？跟小蛙真人像吗？”

对于流之助的问题，我又不能回答完全不像，只好含糊地点了点头，而我的目光早已被那幅画深深吸引住了。

画中的雨宫蛙美丽动人，身穿一件水滴图案的连衣裙，格外合身好看。留着一头短发，应该是因为我不想说多余的谎话，所以就这么告诉流之助的。头发呈亮绿色，上面别着一个可爱的蛙形发饰。还有一对闪亮的大眼睛，被额前的刘海遮住一半。脸颊色泽红润，胸脯微微隆起，握着麦克风的手指白嫩细长。

这是我……

当然，我很清楚，这是神秘偶像雨宫蛙的想象图，并非以我为原型，画像与我真人没有一处相似。但不可思议的是，我仍然感到热血上涌，甚至忘了回答流之助。

“喂，小花，就算你把眼珠子瞪出来，衣服也不会变透明的。”流之助伸手到我眼前左摇右晃，说着奇怪的话。

“我、我可没这么想！”我下意识地大声否认。

接着，我想把画像还给流之助，却中途收回了手。

“这幅画能给我吗？”

“给你给你，就是为了给你才带来的，过后还要给你电子版的，连同节目形式变更的事，都要你跟小蛙确认一下。”

我向流之助道了声谢，把雨宫蛙的画像小心翼翼地夹在新买的笔记本里，又看了好半天，才心满意足地合上了本子。

“不过，如果事情进展顺利，我想和小蛙直接见一次面，好好谈谈各种细节……小花，小蛙还是不肯见我吗？”

“嗯，这个……”

我避开流之助的目光，不知该如何回答。

要不要找个机会，把雨宫蛙的真实身份告诉流之助呢？看他对雨宫蛙的活动如此上心、如此卖力，我就觉得欺骗他十分过意不去。本来就是因为我没有表明真正的心迹，以玩笑的心态自告奋勇，才导致自己如今骑虎难下的局面。

然而，我终究还是无法说出真相。要是被流之助知道事实，他说不定会中止活动，而这是我不希望看到的。

我还想继续保持雨宫蛙的身份。

“啊，别介意，要是不方便也不用勉强。”流之助清澈的声音将我唤回现实。

我松了口气，却又觉得不可思议，因为我没想到，流之助竟然如此轻易就放弃了，这实在罕见。难道他真的以为雨宫蛙是我女朋友，所以才会如此客气？

流之助突然把手放在我肩膀上说：“那么，今后就继续拜托你了，经纪人。”

“……明白，制作人。”

我向流之助回了个笑脸，仿佛已经忘记了心中未解的困惑。

星期五晚上，我进行了节目改版后的首次谈话录制。父亲要加班，母亲要参加小区里的排球比赛，所以只有我独自在家。

台词已经背了下来，声音方面也万无一失。我用手轻按喉头，开始模仿雨宫蛙进行发声练习。尽管我最近已经能够随时随地迅速发出女声，并不需要刻意进行发声练习了，但每每还是会下意识地去做，仿佛发声练习就是我改变声音的开关，或者成了一种仪式。

笔记本电脑放在桌上，录音软件已经运行，在软件窗口旁边，流之助发来的雨宫蛙的电子版画像也已打开。在开始录音之前，我始终目不转睛地盯着那幅画。

在研究女声时，我曾看到过这样一条建议——想要发出女声时，可以在脑海里一直想象自己理想中的女性的模样，想象着自己成为对方，模拟她的发声。虽说这条建议无关技术层面，只是很简单的精神论，我却觉得很有效果。

不过，与画像不同的是，我此刻握着麦克风的手骨骼粗大，而且长满细毛。我用另一只手单击鼠标，开始录音。

看着电脑屏幕里的雨宫蛙画像，把自己想象成她，想象着她发声时的喉头形状和口形，我开口说道："大家下午好，我是雨宫蛙。"

◇

"下面读一封听众来信。这位二年级同学询问：唱好卡拉 OK 的诀窍是什么？

嗯，诀窍有很多啊，最容易实现、也是最有效果的办法，当然就是每天早起了。

大家知道吗？人类的喉头也爱睡懒觉，从醒来到真正恢复状态，需要好几个小时的时间，所以我们刚睡醒时是几乎发不出声音的，经过的时间越久，发出的声音才越嘹亮。

所以，去唱卡拉OK当天要记得早起，建议起床后立即仔细漱口，据说这样能尽快唤醒喉头。我在每周录歌当天，也都是这样做的。

还有就是，据说唱歌时保持喉头油润，发出的声音就会更动听。所以在唱卡拉OK之前，不妨吃些含油量高的食物。据说，某位著名的外国女歌手在每次现场演唱之前，都会满满地喝上一杯橄榄油。

顺便说一句，这个办法我自己也试过一次，大概喝了半杯……不过我只感到一阵反胃，根本没法再唱歌。而且仔细想想，橄榄油的成分可是百分之百的脂肪。就算不会反胃，喝完也会马上后悔的。

嗯，说跑题了。总之，大家在唱卡拉OK之前，可以吃些快餐里的炸薯条。相反，乌龙茶会吸走喉头上的油性，所以在唱卡拉OK时应该少喝。

嗯，说了这么久，快到节目结束的时间了。下面请欣赏今天的第二首歌，由雨宫蛙——也就是我为大家演唱，歌曲的名字叫作《跷跷板爱情》。”

“没想到她主持得这么好，早先问候时还磕磕绊绊的呢。”

“嗯，应该是有认真练习过，可能参考了声优的电台节目，或者是事先写好了草稿。”

这个时间的图书室一如平时，除了我和水濑空无一人。我像往常一样，装作毫不知情地回应着水濑的话，而水濑也像往常一样，边翻书页边简短地回了一句“哦”。

在我看来，从新学期开始以来，班里和水濑交谈最多的人，无疑就是我了。不过说是最多，其实也只有每周三放学后在图书室里的值班时间罢了，至于次数，用两只手就能数得过来。

尽管我每周都会主动跟水濑搭话，但她的话并不见多，对待我的态度也毫无改变。或许在她看来，只会觉得没话找话说的我，很烦人吧。

可是，如果不跟水濑搭话，她沉默时所散发出来的气息，简直会令人丧失说话的能力，所以就算有可能招人嫌，我还是会率先开口。

话题始终围绕雨宫蛙，先是我问水濑听过本周广播后的感想，然后由她点歌。不知从何时起，这已成为惯例。

仅从水濑所点的歌来看，她在音乐方面的兴趣简直和我一模一样。有时我想，要是我们俩能就某支都喜欢的歌随意交流就好了，可惜她是冰山公主，我总觉得这件事很难实现。哪怕水濑稍微友好一点点，交流也会容易得多。

“不过除了小蛙，终于有其他人参加这次活动了，真是太好了。”

过了一会儿，我又找了个话题，水濑则语气平淡地答道：“哦，我倒觉得只有雨宫一个人更好。”

继流之助之后，连水濑也这么说！暗自窃喜之余，我不忘附和着说：“也许吧。”

水濑继续说道：“我确实很佩服这些人，明知自己会被人拿来跟雨宫比较，还敢参加。我要是她们，肯定做不到这一点。”

“也不能这么说。我倒觉得，如果水濑你报名参加，肯定比小蛙更受欢迎。”我被水濑夸赞得心情大好，不假思索地说。

水濑顿时露出一种莫名其妙的表情。望着她那与绰号名副其实的冰冷目光，我语无伦次地说：“啊，是这样的，你看，你长得这么漂亮……”

听了我的解释，水濑眉间的褶皱变得更明显了。突然，她把视线投回书上，若无其事地说：“没这回事。”

见她如此反应，我不禁暗暗责怪自己失言。交谈一时中断，操场上传来部门活动练习的声音，听起来不是棒球部就是足球部。前不久，我听说阿东已经顺利进入轮换阵容，也就是说，我代他值班也算没白费力气。

水濑继续面无表情地看着书，我则有些担心，怕刚才的奇怪发言影响了她的心情，忍不住又惶恐地跟她搭话：“水濑，你要是还有歌要点，我会继续转告小蛙的。”

若在平时，水濑会先沉默几秒钟，然后说出想听的歌名。然而今天，她的回答却并非歌名：“……真奇怪啊。”

“奇怪？我吗？”

“嗯。要说点歌，肯定有其他人点过很多了吧，为什么偏偏每周都要特意来问我呢？”

“啊，这个嘛……”

的确，听众已经点过很多歌，甚至超出了节目一年的播放量，但多数都是当下流行的热门歌曲，而我几乎没听过这些歌，所以练习必定要花很多时间。况且，我更想让大家听听那些平时从来不听的歌。

至于每次都让水濑点歌，最重要的理由则是——

“下面说的话如有不当，我先道歉。我是看你平时在教室里好像总是很无聊，只有听见小蛙唱歌时才显得开心，所以觉得很高兴。”

“高兴？花咲你吗？”

“啊，不、不是，因为……因为小蛙是我的密友，她唱的歌能被人喜欢，我也为她感到高兴，是这个意思……”

脱口而出的“密友”一词，仿佛隐含着一层暧昧的关系，我不禁羞急得面红耳赤，低下了头。

我能感觉到，水濑的目光正牢牢盯在我身上。我自认为刚才的解释还算说得通，难道这就已经令她怀疑雨宫蛙的真实身份了？

“瑠华的《彩虹色的天空》，听过吗？”我正暗自不安，水濑突然开口说道。

从她的声音里听不出怀疑的意味。

“啊，是《微笑在琥珀街头》的片尾曲吧？你也看过那部动画片？”

从她的声音里听不出怀疑的意味。

“我姐姐看过，我并不知道内容是什么，但我喜欢那首歌。”

水濑本周所点的歌，是去年播放过的一部深夜档动画片的主题曲。

还是只有动画发烧友才会点的歌呢。我暗自赞叹，再转念一想，这些歌自己竟然全都知道，同样很厉害呢。

“要是她没听过，我就再想想别的歌。”

“不用，我想她应该听过，只是可能没有伴奏 CD。”

我手头只有一张从网络视频中提取音乐的劣质 CD，音质很差。这可不同于通过视频网站就能免费下载的原创歌曲，光是买这一张 CD，就花光了我整整一个月的零用钱。而且因为是深夜档动画片的主题歌，所以附近的音像品出租店也根本没有上架。

我正苦恼，水濑却说：“CD 我可以借给她。”

“啊？可是这样不太好吧……”

“没关系，我老姐有好几张一样的 CD。”

原来如此。有好几张一样的 CD，应该是分别用来收藏、观赏、布教的。看来水濑的姐姐真是一个相当宅的女生呢。

既然如此，那就借来一用吧。我早就想要这首歌了，没想到这次真走运。

就在这时，我突然回过味来，水濑刚刚所说的话里，夹杂着一个很违和的词。

“老姐？”

“姐姐。”

我刚说出这个词，水濑就斩钉截铁地作出纠正。不知道是不是我的错觉，从水濑的脸上虽然看不出任何表情变化，但她手里的书与脸之间的距离似乎比刚才更近了些。

“难道你在家里是用‘老姐’这个词称呼姐姐的？”

“不是。”

水濑予以否认，表情和声音都比平时更冷。我知道她在家里肯定是称呼“老姐”的，现在之所以拼命否认，只是在遮羞罢了。

其实仔细想想，当着亲姐姐的面当然不好直接称名道姓，但是以水濑平时表现出的性格来看，还是应该直接叫姐姐，甚至不加任何称呼才更合适。

当然，也可能只是她小时候习惯这么叫，刚才不小心说了出来。又或者，水濑在学校和家里扮演的角色并不一致。如果是这样的话，那倒真是难以想象。

不过我没想到，水濑被人知道自己对家人的亲昵称呼后，居然会表现得如此羞涩，还真是有着可爱的一面呢。这样想着，我又向水濑确认了一遍：“姐姐？”

“没错。”

她的声音充满压迫感，令人不得不老老实实点头认同。

沉默了片刻，水濑若无其事地问：“CD 明天带，来得及吗？”

“啊，来得及，她一直都在周五录歌。”

“哦。”水濑简短地应了一声，又突然快速说了句，“谢谢，我很期待。”

我没想到水濑会这么说，惊讶地向她望去，见她貌似无聊地看着手里的书，也不知道有没有注意到我的目光。

谢谢？我很期待？我还是头一次从水濑口中听见这样的话。尽管她说这话时的声音依旧冷冰冰的，但我觉得，我和她之间的关系也许正在逐渐变得亲近起来。

这样一想，我竟有些开心，觉得浑身充满干劲。为了能让水濑满意，这次唱歌也要努力。

◇

当我第二天来到学校时，CD 已经放在我的课桌上了。

这首歌我还是头一次听到无损音质的完整版本，第二节歌词与最后的副歌之间多了小提琴伴奏，音色格外优美，真是越听越喜欢。自从星期四借来这张 CD 之后，我就一直在循环播放。

周五录完歌，我就一直在想，必须好好谢谢把这么好的歌曲借给我的水濑，还有 CD 的主人——水濑的姐姐。

此时，电脑里仍在循环播放这首歌，我也情不自禁地跟着低声哼唱起来——用雨宫蛙的声音。就在这时，寝室门突然出人意料地被人猛然拉开，接着就是流之助不出意料地闯了进来。我慌忙收住歌声大喊："进屋前先敲门！"

流之助却早已抢在我抱怨之前说道："哈哈，小花，看来你现在有空，太好了。是这么回事，我刚才想多打印几张小蛙的CD封面，结果打印机突然坏掉了。一会儿要去买个新的，你陪我一起去吧。"

"去哪儿买？车站前的电器店？"

"不，去秋叶原。"

起初，我以车票太贵为由，拒绝了流之助的邀请，但终究还是扛不住他的死缠烂打，不得不陪他走上一回。真是的，光是每周唱卡拉OK的花销就已让我面临财政困境，这下更是雪上加霜了。

不过，想到自己也已经很久没去秋叶原了，我表面上显得很为难，其实心里还是蛮期待的。虽然我没钱大肆搜购动漫周边，但就算能站在动漫专卖店的橱窗外，看到那些可爱的周边，就已经心满意足了。

流之助似乎在来之前就先从网上确定了目标，所以很快就结束了购物。随后，他拖着我走向同人店里专门面向成人的卖场，我立刻惊慌失措地冲出了店门。

趁着流之助物色同人杂志的这段时间，我打算就在附近随便逛逛，于是望向热闹的步行街，却意外发现了一张熟悉的侧脸，不禁脱口喊道："欸？水濑？"

那个女孩正扮作最近一部流行动画片里的管家角色，闻声转过头来，我顿时就知道认错人了。

那女孩的脸比水濑胖了不少，而且头发更短，不过脸型和五官倒是非常相似，戴的眼镜应该也和水濑的一样。

我连忙向对方道歉：“对、对不起，我认错人了……”

“可是偶的确叫水濑啊，你怎么知道偶的名字？”

这是我头一次在现实世界里遇见自称“偶”的女孩。这个姐姐看样子应该是大学生，身穿整齐的管家制服，正面带疑惑地歪头打量我。

我难以置信地说：“如果我说错了还请原谅，难道您是水濑都的姐姐？”

“哦，原来你是小都的朋友啊，这可太巧了。哈哈，初次见面，偶叫水濑汐，是水濑都的姐姐。”

水濑姐姐好像很入戏，用动画片里的口吻一本正经地介绍完自己，就把戴着白手套的手伸了过来。我有些不知所措地和她握了握手，同时自报家门：“我叫花咲圭吾。”

我呆呆地望着对方的脸，仍未从惊讶中缓过神来。没想到竟会在这种地方遇见水濑的姐姐，还真是太巧了。

尽管我早就知道水濑的姐姐是个宅女，但如今看来不仅如此，她还是一个货真价实的角色扮演者。我一眼就能看出，她穿在身上的管家制服非常考究，简直就像真品一样。

听见我的名字，水濑姐姐“哎呀”了一声，随即问道：“花咲？

难道就是和小都一起在图书室值班的那个花咲？”

“啊，是的。水濑她在家里提起过我？”

“嗯，偶听她提过好几次呢。不过真没想到，你这么快就能认出偶是小都的姐姐。”

听着她似乎很佩服的语气，我不禁惶恐地答道：“因为你们长得太像了，而且这眼镜也很像水濑戴的那个……”

“哦，观察力很强嘛。你猜对了，这就是小都的眼镜。昨晚运气不好，扮装用的眼镜碎掉了，偶是没办法才借来小都的眼镜一用。虽然与这个角色不太相称，但总算聊胜于无。”

“借的？那度数能一样吗？”

“啊？哦，没关系没关系。偶和小都是很好的亲姐妹嘛。”水濑姐姐答非所问。

难道因为是好姐妹，所以眼镜的度数也一样？更何况，我根本无法想象水濑与姐姐亲密无间的样子。

“哦。”我含糊地应了一声，突然想起一件事，连忙向水濑姐姐致谢，“对了，谢谢您昨天借给我 CD。”

“甭客气，那本来就是布教用的。而且就算道谢，偶作为小都的姐姐，也该向你道谢才对。”

“向我道谢？为什么？”

我百思不解，水濑姐姐却说：“你也知道，小都在学校根本不爱说话，偶听说，你曾多次主动跟她搭话，这就是偶谢你的原因。”

“那只是我擅作主张，说不定还给水濑添麻烦了呢……”

“不会不会，绝对不会。”水濑姐姐神情愉快地连连摆手。

我闻言松了口气，突然回想起水濑姐姐刚才所说的话，就顺口问道：“刚才您说水濑在学校不爱说话，也就是说她在家里很正常？”

“唉，不好说啊。偶可不敢擅自谈论小都的事，不然被她知道又要生偶的气了。”

说完，水濑姐姐突然扬起胳膊挥了挥手，还冲我身后打了声招呼。我转身望去，见不远处有个女孩，同样一身动漫角色的装扮，也在挥手示意。

跟那人打过招呼，水濑姐姐继续对我说道：“不好意思，偶朋友来了，偶得走了。如果可以的话，希望你以后也能继续找小都说话，她一般是不会介意的。虽然不容易对付，但她并不是个坏孩子。”

“不容易对付？”

“就是说她表里不一。那么就这样，有缘再见啦。”

水濑姐姐最后的道别也很有动漫里的风范，说完便英姿飒爽地走向了她的朋友。

我正困惑不解地目送着那身管家制服混入人潮，突然被人从背后拍了下肩膀，不禁吓了一跳，转身一看，原来是流之助不知什么时候从店里出来了。

“哈哈，小花，这回你可跑不掉了。按照预算，接下来只能买一本了，你帮我选选该买哪一本。”

流之助看样子还想把我带回成年杂志卖场，我只能用尽全力挣扎抵抗。

◇

过了一周，又到了图书委员值班的日子。

在前往图书室的途中，我被朋友们耽搁了一阵子，所以抵达目的地时有些迟到，可是还没进去，就听见房间里传出一阵歌声，唱的正是当天广播里播放过的雨宫蛙的歌。这歌声很小，对音程的把握也不够准确，但声音非常可爱，就算直接给动画片配音都没多大问题。

我在图书室门前停下脚步，侧耳倾听。虽然这个声音听起来很陌生，但此时此刻，在图书室里的人想必只有……

不会不会，怎么可能呢。我一边质疑着自己的猜测，一边轻轻握住门把手，打算偷偷瞧瞧唱歌的人究竟是谁。但就在这时，歌声突然中断了，似乎是唱歌的人察觉到了我的存在。

我开门走进图书室，里面果然只有水濑一人。藏起满腹的难以置信，我像往常一样打了声招呼，不动声色地问："刚才这附近好像有人在唱歌？"

"不知道，我没听见。"

水濑回答时仍在埋头看书，但不知道是不是我的错觉，她的脸与书之间的距离似乎很近，就像先前被我指出“老姐”称呼时一样近。

“表里不一”……原来如此，或许水濑真是一个表里不一的人。说不定正是因为我上周说过，她要是当偶像肯定大受欢迎，所以她才会尝试用符合偶像感觉的声音唱歌。

我笑着把脸转向水濑看不见的角度，心想希望今后还能像现在这样，更多地发现“表里不一”的水濑。希望我和她今后还能逐渐变得更亲近，即使放学后不再值班，也能像普通朋友一样谈论彼此喜欢的歌。

突如其来的信

一开始我是故意选择遗忘，故意不去想，

只有这样，当我用那个声音扮演雨宫蛙时，

才能成为理想中的自己。

雨宫蛙的CD发行是从上周四开始的，没想到盛况空前，光是周四和周五两天，广播室就收到了近百张空盘。由于流之助要负责录音，一个人忙不过来，我也只好抽空帮帮忙。

到了本周周一，我从部门活动抽身来到广播室，拉开沉重的大门，就见广播器材上又堆放了二十来张CD，而在这座CD小山的对面，流之助正光明正大地玩着便携游戏机。

“你倒是躲起来玩啊，被人发现可是会被没收的。”我惊讶地提醒流之助。

“没关系。”流之助抬起头，“怎么样？到了第三天，还能收到这么多CD。按照这样的趋势，一百五十张毫无问题。”

一百五十张……

老实说，我在第一天看见由CD摞成的两座摇摇欲坠的高塔时，也吃了一惊，但没想到竟然能增长到这个数字。学校里的学生人数只有四百出头，一百五十这个数字意味着每三个学生中就有一人拥有雨宫蛙的CD。

“嗯，不愧是咱们学校的当红偶像，光是封面的印刷费用就很可观呢。”流之助脸上露出心满意足的微笑。

看来雨宫蛙真的成为校园偶像了，简直就像动漫里的情节一样。眼见自己的歌声如此受欢迎，我在高兴的同时，却也感到一丝莫名其妙的恐慌。

望着堆积如山的CD，我忽然心里一动，问流之助：“对了，水濑也送来CD了吗？”

流之助表情诧异地答道：“冰山公主？她还没来过，可是你为什么突然问起她？”

“没什么，只是水濑好像也很喜欢小蛙，所以我还以为她肯定来过了呢……”

“哦？那个冰山公主喜欢小蛙？”流之助难以置信地嘀咕道。

也许正是因为水濑不愿看到别人见她送来CD时表现得如此意外，所以才会犹豫不决吧。我原以为水濑是绝不可能产生这种情绪的，但经过一段时间的相处后，我却知道，事实看来并非如此。

我正想着那个有些不同的水濑，流之助突然一脸坏笑地说：“哈哈，原来如此。说起来，你正替阿东在图书室和冰山公主一起值班对吧？你现在突然对她这么在意，难道是在一起值班的过程中，对她萌生出了别样的情愫！？”

“没这回事，我真的只是有点在意而已。”我坦率地答道。

“就这样啊？”流之助显得很失望，“不过说来也是，那可是冰山公主啊。即使在那么大的图书室里只有你们两个人，想必她也只会顾着自己看书，从没和你交谈过吧？如此说来，无论放学后的图书室是多么大的宝库，有可能发生多么充满魅力的事件，要想博得女主角的欢心从而征服对方，都是很困难的啊。”

望着一边频频点头，一边以游戏内容代入话题的流之助，我暗自笑着，心想你又猜错了。

事实上，我不仅和她说过话，还发现了她平时不为人知的一面。不过我觉得，把这种事告诉流之助无异于没事找事，所以就什么也没说。

这时，流之助抬头望着墙上的时钟说道：“今天的受理时间快结束了，不过说起来，我还真是很久没在学校里待到过这么晚了。”

本来，广播委员放学后是很清闲的，但流之助为了忙雨宫蛙的CD发行活动，从上周开始就不得不每天在学校留到很晚。

我觉得很过意不去，就对刚刚摘下游戏耳机的流之助说：“明天的受理我来负责吧，本来最初介绍小蛙的人就是我，不能让你一个人忙来忙去。”

“没关系，没关系。你也知道，我基本上是不会做无聊的事情的，况且最近民间出现了一种新技术，能用便携游戏机玩电脑游戏，这样一来，我不用回家也能专心攻克还没通关的游戏了。你看，就像这样。”

说着，流之助把游戏机屏幕转向我这边，我连忙条件反射般地偏过头。

“别在学校里玩游戏！”

“哈哈，小花的反应果然还是像好学生一样，太有意思了。”流之助显得很愉快。

真受不了，难道他从上周开始就一直在广播室里玩游戏？要是被人看见怎么办？虽然我知道他这个人不会在意这些事，虽然我知道……

流之助把游戏机和大堆CD塞进书包，起身说道：“哦，差点忘了，关于下周的广播。”

听他说到正事，我也认真起来。正想确认一下呢，因为到了下周三，我们三年级学生应该正在参加修学旅行。

“怎么办？下周停播吗？”

“不，只要小蛙同意，我想让优秀的后辈代班，下周广播照播不误。你觉得怎么样？”

“嗯，应该没问题吧，我问问她。”

“那就拜托了。”

说完，流之助打开房门，却见广播室门前的走廊里站着一个陌生的男孩。从他脚上室内用鞋的颜色来看，应该是二年级学生。这人感觉很严肃，看表情似乎正为某事纠结着，一见我们出来就迅速立正站直了。

“嗯？是要申请CD刻录吗？不对，你不是受理第一天就——”

流之助话未说完，那个陌生的男孩突然猛地弯腰鞠躬，同时双手伸到流之助面前，手上捧着一个洁白的信封。

“佐佐木前辈！请您收下！”

他的声音听起来很紧张，像要喘不过气一样，在寂静无人的走廊里回响着。我目瞪口呆地看着他，见他几乎把腰弯成九十度，态度极其恭谨，捧着信封的细长双手正在微微颤抖。

首先毫无疑问，他递过来的信绝对是情书一类的东西。

就连流之助一时也没能反应过来。我轮流打量着流之助和那男生的脸，装作若无其事地转过头去。

哇啊，居然让我撞见了如此了不得的一幕。不过，嗯，像流之助这样的美男子，就算被男生喜欢，也毫不奇怪。

我正擅自猜测，流之助却罕见地用惊慌的声音说道：“等等等等等等等等，冷静！萝太的确也在我的兴趣范围之内，但那只限于二次元……”

“不、不是的！”那男生面红耳赤地打断了流之助的话，扭扭捏捏地说，“这封信不是给流之助前辈的，而是给雨宫蛙的……”

“欸欸欸！？”

这下轮到我震惊地叫出声来，同时发现自己正下意识地指着自己的脸。我慌忙把手收回，藏在身后。

“前辈，真的拜托您了！”

那男生把信硬塞给流之助后，立刻全力跑过走廊，眨眼间就从我们的视野里消失了。我和流之助呆望着他离去的方向，一时说不出话来。

情书，给雨宫蛙的。而雨宫蛙的真实身份其实是我，也就是说……

“给。”过了半晌，流之助才扭头看着呆若木鸡的我，把那男生的信递了过来。

◇

在突如其来的冲击过后，我才发觉，这件事其实并不值得大惊小怪。

那封情书说到底是写给雨宫蛙的，并不意味着我本人收到了来自男生的告白。在此之前，广播室就收到过无数封男粉丝的来信，里面也有人半开玩笑地说“做我的女朋友吧”之类的话，今天的信想必也不外如是。

我真的还以为仅此而已——在回到家里读完那封信之前。

回到自己的房间，我立刻从书包里掏出那封信，坐在床头，打量着它洁白的信封。

信封朴实无华，毫无装饰，倒是很符合那男生一本正经的气质。信封正中央用粗笔写着收信人的名字——“雨宫蛙”。我先前没仔细看就把信塞进了书包，直到此刻才注意到，那三个字的大小和间距十分整齐，就像用尺子量着写成的一样。

信封背面也用工整的字迹写着“二年级（四）班堀井康人”。原来他叫堀井啊……我不禁回想起那男生递信时无比紧张的表情。

究竟写了什么呢？我激动地用剪刀剪开封口，取出信纸打开读起来。

“自从第一次听见你的声音，我就喜欢上你了。”

堀井的信由此开头。看完这第一句话，我就察觉到了其中的异常，脸上兴奋的笑容顿时消失无踪。

信中写道，他越听雨宫蛙的广播就越着迷；听见雨宫蛙在广播里读到自己写的粉丝来信时很开心；一直都想和雨宫蛙见面，等等。而在最后，他还留下了自己的手机号码和邮件地址，并且希望有机会能见雨宫蛙一面。

与平时胡闹玩笑的粉丝来信完全不同，这是一封货真价实的情书。堀井是真的喜欢上了雨宫蛙。

如果我是一个真正的女偶像，收到男粉丝送来的这种信，肯定会很开心。但我读完这封信后，却感到心头沉重得犹如压上了一块大石。

信的字迹格外工整，通篇没有一处错误，不难想象写信人执笔时的认真和紧张。恐怕他在写信前就先打好了草稿，而且只要写错就会扔掉重写，这样才最终完成这封信的吧。为了写好这封信，他究竟花掉了多少时间？写这封信时，他究竟怀着怎样的心情？

还有，他为什么要一直等到受理结束后流之助从广播室出来时才送信呢？如果只是送信的话，在受理进行当中应该也没问题啊。他之所以这样做，肯定是因为一直在犹豫。送？还是不送？始终犹豫不决，直到最后一刻才鼓足勇气来到广播室前。

相反，我却在想些什么呢？收到男生的情书，使我在成为女孩子的道路上又前进了一步，因此感到开心？人生第一次收到的情书却是男孩子写的，因此感到好笑？尽管这些念头只是在心中一闪而过，我也觉得自己简直是浑蛋中的浑蛋。

“我是第一次如此喜欢一个人。”——堀井在信中这样写道。

这句话令我心痛。

没有什么借口，是我欺骗了堀井，是我玩弄了他的真心。

罪恶感。是的，这是我感到痛苦的一个原因，但不仅如此。

我终究没能把那封信从头到尾再读一遍，只能小心地装回信封，从床上站起身，拉开了书桌的抽屉。抽屉里放着流之助先前给我的那幅雨宫蛙的画像——大眼睛的绿发美少女。

堀井的信是写给她的，而不是我。

没错，我早就明白。无论再怎样用可爱的声音唱歌，再怎样像女孩子一样说话，我都绝对不可能变成画里的雨宫蛙。我早就明白，也正因为明白这一点，才会选择唱歌，可是不知道为什么，此时此刻，这个事实却如同一块沉重的大石压在心头。

一开始我是故意选择遗忘，故意不去想，只有这样，当我用那个声音扮演雨宫蛙时，才能成为理想中的自己。可是，堀井的信敲醒了我。

我成不了雨宫蛙，成不了真正的女孩子。

只要说我可爱就好，只要认为我是女孩子就好。像堀井这种真诚的心意，我并不想要。

此时此刻，我只觉得，魔法失效了。

修学旅行

我连忙换上笑脸，

可是水濑依然紧皱着眉头，

望着我的目光充满诧异。

听说直到最后，水濑也没去送过 CD，于是我就让流之助额外多录了一张，准备在图书室值班时给她。

“这是小蛙送给你的。”我递过 CD 说。

水濑显得有些惊讶，下意识地伸手要接，却中途收回手说：“真不好意思，CD 的刻录费……”

“不用不用，这应该是为先前跟你借 CD 而送你的回礼。她好像特别喜欢那首歌，对你很感激呢。”我连忙以雨宫蛙的立场说出自己的想法。

水濑这才迟疑地接过 CD：“请你代我向雨宫说声谢谢。”

“好的，没问题。”我愉快地答道。

水濑接过 CD 后，就在仔细地打量封面上的雨宫蛙画像。见她这样子，我不禁想，虽然自己有多管闲事之嫌，但这样做是对的。

然而与此同时，我突然感到一阵心痛。因为这样一来，我就又说谎了。没想到自己竟能如此流利地胡言乱语，竟能如此淡定地欺骗别人。

我以前完全不曾在意过这种事，可是堀井的信改变了一切。

那封信被我收在书桌的抽屉里。我当然写不出回信，也曾想过跟流之助商量，但最终还是放弃了。

流之助肯定会这样说——不用在意那封信，这对偶像来说是常事。不用勉强回信，也没必要因为无法答复对方的心意而苦恼。

其实我心里也明白，但既然已经知晓了堀井的那份真诚心意，我就无法轻易将自己置身事外，况且问题不止如此。如果我今后继续扮演雨宫蛙，那么除了堀井之外，说不定还会有其他男生真心喜欢上这个并不存在的偶像。

我还可以继续扮演雨宫蛙吗？我还可以继续为了缓解自己无法实现愿望的痛苦而欺骗别人，直到伤害别人的真心吗？

自从前天收到那封信以来，我就无数次问过自己同样的问题，但我找不到答案，只有心情变得越来越差。

或许是无意识间，我的心情反映在了脸上，水濑的声音把我唤回现实：“是不是我说什么话让你不高兴了？”

“啊？不，不是，没这回事！”

我连忙换上笑脸，可是水濑依然紧皱着眉头，望着我的目光充满诧异。我最近时常会想，也许水濑只是表面上对他人漠不关心，其实能够非常敏感地察觉到周围人的情绪。

我本可以随口搪塞，岔开话题，但不知道为什么，还是老实答道：“嗯，当然不是因为你的缘故，但小蛙最近好像的确挺烦恼的，所以我也跟着有些担心……”

“烦恼？什么烦恼？”

“……应该是在犹豫该不该继续当偶像。”

我的话音刚落，水濑就是一声惊呼，接着立刻郑重问道：“为什么？”

“嗯，好像有很多原因吧……”

我偏过头，避开水濑的视线，心里已经感到后悔。与其像这样半真半假地蒙混敷衍，倒不如一开始就什么都不说。

我仍能感觉到水濑正在盯着自己，只好装作毫无察觉。过了片刻，水濑再次开口：“喂。”

我望向水濑，可她却低头沉默着没有看我。

我不解地等待着水濑接下来的话，可是过了很久，她都始终没有张口的迹象，我只好故作无事地说：“你不用担心，她应该不会放弃的。不管怎么说，她可是很喜欢如今的身份呢。”

“是吗？”

水濑的回答如此简短，我从中既听不出放心，也听不出怀疑。

直到这时，我才终于有所察觉，周围笼罩着已有一段时间不曾出现的尴尬气氛，我连忙改变话题：“对了，下周就是修学旅行了。水濑，你以前没去过京都吗？”

“……是啊，没去过。”

“你和森下在一个小组吧？第二天的小组活动，你们准备去哪里？”

“嗯，不太记得了……”

冰山公主的回答比平时还要冷淡。难道水濑对修学旅行根本就毫无兴趣？我试着问了问她，回答果然不出所料——“因为我不喜欢集体行动。”

“啊，也是呢。”

过了很久，我才反应过来，连忙附和着说，却发现已经错过时机。

尽管我觉得可能多此一举，但还是试着对水濑说：“不过，既然是难得的旅行，还是多享受一下吧。”

“我会努力。”水濑这般答道，可语气听起来完全没有要努力的意思。

接下来，她就把目光再次投向手里的书，似乎已经失去了继续和我交谈的兴趣。

看着面无表情看书的水濑，我心想，这次为期三天的修学旅行，她肯定也打算就以这样的态度度过吧。

不过，这毕竟与我毫无关系。可我虽然明知道这一点，但不知道为什么仍很在意，大概是因为水濑平时看起来实在太无聊了吧。

下周要去旅行，就听不见雨宫蛙的广播了。我只能在心里祈祷，希望水濑在旅途中也能露出笑颜。

最后，我也决定在旅行期间忘掉雨宫蛙的烦恼，尽情享受三天的快乐时光。

◇

修学旅行第一天的集合时间比平时的上学时间早了近三个小时，我接连打着哈欠坐进新干线，在车厢里和同学们玩起了卡片游戏。因为卡片上的文字太过细小，结果我不出意料地晕了车，在晕头晕脑的恍惚状态下，游玩了法隆寺的五重塔和梦殿，然后到了奈良公园，观看野生的鹿群在公园里四处闲逛。

那些鹿实在太可爱了，令我的睡意和疲惫一扫而空。

“哇啊！太棒了！是鹿，这么多鹿！可以摸摸吧？可以吗？”

我兴奋地拽着身旁沼田的衣袖大喊大叫，沼田则和流之助悄声嘀咕着——

“流之助，花咲的状态是不是有点奇怪啊？”

“啊，没关系，只不过是他的少女病又发作了。只要一看见可爱的动物或是小东西，他就会变成这样。”

“别给我乱说。”

我扭头跟流之助抱怨了一句，随后再次看向鹿群。

那些鹿似乎已经习惯了人类的到访，即使试着靠近，它们也不会跑开。我盯着迎面走来的一只体型娇小的鹿看，对方也用圆滚滚的黑眼珠回视着我。我轻轻摸了摸它的脑袋，亮褐色的毛发硬梆梆的，触手处传来一阵痒痒的感觉。

“喂，小花，其他班的人已经开始出发了，我们也快点去看大佛吧。”身后传来津岛的声音。

可是，我已经被鹿迷住了。

“大佛有什么好看的，不如就一直在这里和鹿玩到集合时间吧。”

“完了，咱们组的这家伙变傻了。”

“真好啊，真想把它带回家呢。”

“你家不是不能养动物吗？”

这时，其他的鹿也走了过来。我被可爱的鹿群围在中间，情不自禁地想，鹿真是令人羡慕的动物啊，无论是雄性还是雌性，都一样可爱。可就在这时，我的衣领突然被人一把揪住了。

“那我们就快点去看大佛，然后再回到这里。”

“啊，等等，阿东，再稍等一下……”

我被阿东拽着走向东大寺，这时津岛说道：“啊？森下那一组还在和鹿玩呢。”

我转身一看，只见森下正在欢呼雀跃地和鹿嬉戏。她所做的事和我刚才一样，但主人公换成女孩，看起来就简直像画一样美好，这实在太不公平了。如果我也是女孩子，就能毫不顾忌周围人的目光，尽情地和鹿玩了。

“嗯，虽说森下平时凶巴巴的，叫人敬而远之，但像这样和动物玩耍的天真模样，还真的挺可爱呢。”阿东显得感慨颇深。

“不过，再怎样也比不了那位。”沼田把目光望向一旁，“她还真是始终不会偏离自己的性格设定呢。”

循着沼田的视线望去，只见与森下同组的水濑正孤零零地站在稍远的地方。她身边也有鹿，但她并未伸手抚摸，甚至看都没看一眼，只是百无聊赖地等候着森下，看起来还是完全没有享受旅行的快乐。

“水濑是不是讨厌动物啊。”

“这还用说嘛，那可是冰山公主啊。你看着吧，那只鹿要是敢跟着她，肯定会被她面无表情地一脚踢飞。”

“水濑不会做那样的事！”我听津岛说得过分，情不自禁地大声反驳。

津岛却笑嘻嘻地看着我说：“哎呀，小花这是怎么啦，难道你对冰山公主……”

就在这时，有人在身后拍了拍我的肩膀。我转身一看，只见流之助拎着一本破烂不堪的《修学旅行指南手册》说道：“不知道怎么回事，旅行指南被鹿啃了。”

“啊？”

◇

终于赶在熄灯之前洗完了澡，我回到自己小组所在的房间，却发现阿东人不见了。他或许是跑去其他人的房间玩，却忘了看时间。按照学校蛮不讲理的规定，如果组员在熄灯时还没有回到自己的房间，其他组员也要连带着挨训，所以大家决定分头去其他房间寻找阿东。

流之助和津岛双双主张，由自己负责女生房间，但显而易见，如果真让他俩去的话，结果肯定是人没找回来，他们自己却沦陷了。沼田倒是值得信赖，可是他却在我去洗澡之前就已熟睡，所以尽管并不情愿，最终还是只能由我负责女生房间。

第一个房间锁着门，我没能进去。第二个房间正在热闹谈笑中，我一去就遭了白眼。在旁边的第三个房间受到同样待遇后，备受打击的我好不容易敲开了第四个房间的门，开门的人却是水濑。

水濑一见是我，眉毛微微上下抖动，小声地嘀咕了一句。

“啊，不好意思……”

我之所以条件反射般地道歉，或许是因为不小心望着水濑的模样入了神，忘了该说什么。此时的水濑穿着学校指定的体操服，好像刚洗完澡，亮泽的长发还湿漉漉的，洁白的肌肤也微微泛红。

等我回过神来，不禁对自己的反应感到惊讶。看来纵然是像我这样的人，偶尔也会不带任何羡慕、憧憬等感情，只是单纯地看女生看得入迷呢。

直到我意识到不该如此直勾勾地盯着人家，才连忙装作若无其事地移开视线：“我在找阿东……看来他不在这儿。”

房间里除了水濑再无他人，更别说阿东了。眼看就要到熄灯时间了，她们小组的人都去哪儿了？我正百思不解，水濑却说：“啊，你找阿东啊。森下说过，她和阿东好像有个约会。刚刚她出去了，其他人也都跟过去了。”

“森下和阿东？你知道他们约在哪里见面吗？”

“森下好像说过，是在副楼的楼顶。”

我一听就明白了。在修学旅行的深夜，孤男寡女来到寂静无人的地方见面，除了告白还能是什么。阿东在这方面好像非常迟钝，这次约会肯定是森下提出来的，所以和她同组的其他女生才会跟过去看热闹。

我向水濑道了声谢，正要去找阿东，偶然看见水濑拿在手里的书，立刻停下了正要迈出的脚步。

“水濑，你一直都在看书？”

“是的，因为没有别的事情可做。”水濑耸了耸肩，理所当然地答道。

也许从吃过晚饭后，水濑就真的一直在看书，和同屋的女生没说过一句话。虽然我知道她本人对此并不在意，但一想到那副情形，就觉得不能把她一个人丢在这里。

我暗自琢磨能为水濑做些什么，哪怕让她在这次旅行中享受到一点点快乐也好。结果，我的表情再次出卖了我。

“花咲，你不用露出这种表情，我有我的快乐，尽管也许比不上你。”

“比不上我？”我不明白她的意思。

水濑平静地问道：“你喜欢鹿？”

我瞬间变得面红耳赤。

“你……你都看见了？”

“还听见声音了。”

“你……你能不能忘掉这件事，太叫人难为情了。”

“是吗？我倒觉得那一幕很温馨呢。”

水濑的语气很平淡，跟平时一样，我判断不出她是在假意敷衍，还是真的这么想。我再次向水濑道了声谢，随即惊慌失措地逃走了。

在前往副楼楼顶的路上，我脸上的火热终于逐渐消退。没想到竟会被水濑看见那一幕，我不禁反省自己是不是有些刻意兴奋得过了头。尽管我觉得，就算是刻意为之，只要能让心情变好，忘掉烦恼就行。

就在我踏上通往楼顶的楼梯时，恰巧跟水濑同组的女生们擦肩而过。她们高声谈笑着径直跑向自己的房间，看都没看我一眼，仿佛我不存在一样。我目送她们离去，随后看向楼梯上方，见阿东正神情恍惚地走下来。

我打了声招呼，阿东才一个激灵停下脚步，惊讶地叫道：“小，小花！？你来这里干什么！？”

“我在找你，快熄灯了！还不回去。”

“啊，抱歉抱歉。”阿东慌忙走下楼梯，来到我身旁，动作生硬地挠着头说，“哎呀，没想到竟然在旅馆里迷路了。”

我故意打趣地问:“喂，阿东，森下是不是向你告白了？”

“你怎么知……”阿东瞪大双眼脱口而出，又连忙用双手捂住了嘴。

他这样反应明显是刻意为之，我不禁笑了起来，阿东也终于恢复正经:“喂，拜托别告诉其他人啊。”

“我不会说出去的。不过真是太棒了，在修学旅行中被人告白，简直跟漫画一样。”我边说边走下楼梯。

阿东却神色复杂地说：“嗯，怎么说呢，被告白三十秒之后，我就把她惹怒了。”

“啊？你说什么过分的话了？”

“没说什么啊，就是森下提议在明天分组行动时，我俩偷偷离开小组单独行动，被我拒绝了，结果她就生气了。唉，还是那么凶巴巴的。”阿东双手叠放在脑后嘟囔道。

我向他神色复杂的脸上瞥了一眼：“阿东，不如你现在就去森下的房间找她，答应明天和她一起玩。我不介意的，就算万一被老师发现，想办法糊弄过去就是了。”

“喂，别说不介意这种话，叫人听了多伤心啊。我可是一直期待和你们一起游遍京都呢。”阿东语气夸张地说着，搂住了我的肩膀。

由于我比阿东高了不少，所以与其说是阿东搂着我的肩膀，倒不如说是他挂在了我的身上。

突然，阿东严肃地说道：“而且，我还不清楚自己是不是喜欢森下。”

“可是阿东，你不是一直和森下很谈得来吗？而且你今天看见森下和鹿玩耍时，也说过她很可爱啊。”

“说是这样说，但我总觉得和喜欢的感觉不太一样。对了，小花，你以前不是在女孩家里看过很多少女漫画吗，对这方面应该很了解吧？”

“看是看过，但我也很抓瞎，没经验啊。”

倒不如说，我比阿东更抓瞎。

这时，我忽然记起上周读过的堀井的信里，有这样一句话：“我是第一次如此喜欢一个人。”

这样的心情我完全无法体会，我想今后也没机会去体会了。因为我想变成女孩子，所以根本无法想象自己会喜欢上某个女生，甚至成为她的男朋友。

所以，我无法为烦恼中的阿东提供任何建议。我只能说，比起那些从一年级开始，就以随便玩玩的心态和女生保持着若即若离关系的同级生，阿东的心态还是相当认真的。

走下楼梯，远远就见流之助和津岛正等在房间门口。流之助一见我俩，立刻大喊：“哦！太好了！找到了！阿东，你究竟去哪儿了？”

“他在副楼迷路了，我刚才去那边才碰见他的。”就在阿东即将做出惹人怀疑的解释时，我抢先代他答道。

津岛怀疑地问："迷路？其实是被某个女生叫出去了吧？是不是还被告白了？"

"好了好了，先别说这个了，再不快点进屋，老师就要过来了。"

我无视津岛明察秋毫的质问，催促二人赶快回房间。旁边的阿东冲我微微抱了抱拳，表示感谢，我则回以微笑，却听见先进屋的流之助和津岛正在交谈——

"对了，津岛副组长，说起修学旅行之夜，你知道该做什么吧？"

"当然是猥琐夜话了。"

先睡着的沼田真是太明智了。

意外的独处

我不禁面红耳赤地低下了头，

却突然意识到，

难道刚才水濑笑了？

“组长，花咲快不行了。”

“鹿！快去找鹿！只要让小花看见鹿，他的生命值就能恢复！”

“各位游客！你们有没有人身边带着鹿的图片！？”

“喂！真的别喊了！我都说了没事。”

津岛的大声叫嚷引得周围的游客纷纷转头看过来，不知道发生了什么，我连忙堵住了津岛的嘴。

今天是修学旅行的第二天，大家在京都市内分组自由活动。我们游览完金阁寺和京都塔，在附近的快餐店里早早吃过午饭，接下来正准备前往伏见稻荷大社。没想到刚刚进入 6 月，京都街头就已异常闷热，再加上连续两晚的睡眠不足，我的体力在上午就几乎消耗殆尽了。

同组的几个家伙活蹦乱跳地走在宽敞的京都站内，为了赶上他们，我拼命挤开人潮，摇摇晃晃地跟在后面。沼田倒还算好，另外三人不是一直在聊天，就是玩偷偷带出来的便携游戏机，过了两点钟依然精神奕奕，活力十足。

正恍惚间，我突然发现阿东不知何时已经站在身旁，看来像是在特意等我。

“把包给我，我帮你背一会儿。”

“不用，我真没事，不用担心……”

“你就别客气了。”

阿东强行把包抢走，我少了负重，行动顿时轻松了许多。我向阿东道了声谢，走向售票机，其他成员已经站在检票口等我了。

可是，当我买完车票转身再看，刚刚还站在检票口的流之助等人已经不见踪影，阿东也不见了。我慌忙环视四周，可周围挤满了杂乱的人群，要在其中找出他们并不容易。

我猜测他们可能先进站等我了，于是慌慌张张地穿过检票口，奔向站台。就在踏上通往站台的楼梯时，广播通知响起：“前往奈良的各站停车马上就要开车了。”这正是我们计划乘坐的车次。

难道大家已经上车了？那我可得加快速度。两班电车的发车间隔时间很长，如果我迟到坐上后一趟车，就得让大家在到站后等很久。

我已经无暇思考流之助他们是不是真的坐上了这趟车，只顾着拼命跑下楼梯，飞快地冲进电车。几乎同时，身后的车门迅速关闭，电车开始启动。

我握住门旁的扶手调整着呼吸，突然感到一阵不安，担心自己判断错误。很快地，这种不安就变成了怀疑，当我从四节车厢的车头找到车尾，没有发现一张熟悉的面孔时，就知道糟了。

我明知道那几个家伙不是薄情的人，不可能丢下有气无力的我先上车。我不知道自己这是在做什么，只能说是睡眠不足导致判断力下降。

接着，我又发现了一个坏消息——我的包还在阿东那里，写有组长手机号码的旅行指南也在包里，而我因为平时不用手机，所以没特意记过号码。如此一来，就算我到站之后，也联系不上流之助了。

完了，彻底走散了。在坐立不安中，我抵达了稻荷站。这趟车用时倒是很短，大概只有五分钟。

走下电车，我站在小而整洁的站台上等待下一班车。我也想过要不要立刻返回京都站，但如果他来我往再走岔的话，反倒更麻烦。既然联系不上，那就只能老老实实地等大家随后赶过来了。

过了一会儿，下一班车到了，可是下车的乘客中并没有组员的身影。不会真的就这样走散了吧？我站在电车驶去后的站台上，越发感到不安。

就在这时，突然有人喊我的名字："花咲？"

我吓了一跳，转身一看，只见水濑正从通向对面站台的天桥上走下来。那一瞬间，我竟有种无语凝噎的感觉，随后才欢呼起来："水濑！太好了！你带着旅行指南吗？"

"带着呢，怎么了？你怎么一个人？"

我解释了自己和组员们走散的事，并借用水濑的旅行指南确认了流之助的手机号码，随后开始寻找公用电话。

“不介意的话，用我的吧。”

水濑把手机递向我，我只是稍微犹豫了一下，就接了过来。

“是小花吗？太好了，还担心你呢。对了，这是谁的手机？”

耳畔的手机里传出流之助的声音，我终于松了口气。原来，他们当时被检票口对面的纪念碑吸引了过去，后来就发现我不见了。明明是我给大家添麻烦了，他却一个劲儿地道歉，反倒让我觉得更对不起大家了。

“对了，既然冰山公主在那儿，也就是说森下她们也在喽？”

“不，只有水濑自己……”

直到流之助说起我才发现，的确，其他女生怎么不在？难不成水濑也像我一样，一不小心就和组员们走散了？

“算了，我们十五分钟后就到，这段时间反正你干等着也无聊，不如自己先去伏见稻荷大社吧，只要估算好时间，及时返回站前就行。”

“明白了，不好意思。”我结束通话，把手机还给水濑，“谢谢，你的手机真的帮了大忙。对了，你们组其他人呢？”

水濑轻轻耸了耸肩，若无其事地答道：“今天一大早就各自行动了。”

“各自行动？”

“是的，是我提议的。因为我独自行动比较方便，而她们没有我在也会更开心。”

我不禁暗自叹了口气。虽然我知道水濑并不喜欢集体行动，但她为什么非要提出这样的建议呢?

“那我走了。”说着，水濑快步走向检票口。

我望着她的背影，突然心血来潮，张口叫住了她。

水濑诧异地转身看着我，而我也不清楚自己为什么要叫住她，只好语无伦次地说：“那个……水濑，嗯，对了，你接下来要去伏见稻荷大社对吧？如果可以的话，我能跟你一起去吗？”

水濑听完，眉间的褶皱变得更明显了。我见她如此反应，不禁自责起来，明知结果会是如此，为何偏偏还要说出那种话。

我强颜欢笑地挠着头，一时手足无措，水濑却说：“你不是得等你的组员吗？”

“不用。他们说反正我干等着也无聊，不如先过去，只要估算好时间，及时回来就行。所以真的，只要你不介意的话……”

话虽这样说，我心里却想，她当然会介意了。我已做好被水濑断然拒绝的心理准备，抬眼观察着她的反应。可是片刻之后，我听到的回答却并不是拒绝。

“……和我一起去，肯定玩不开心的。”

“不会。”我立刻郑重答道。

“是吗？那就随你吧。”水濑再次耸了耸肩，转身快步走向检票口。

我知道这样做给她添麻烦了，但毕竟得到了肯定的答复，总算松了口气。我大口大口地做着深呼吸，尽量不让水濑察觉，在她身后跟了上去。

走出车站，就见一个巨大的鸟居映入眼帘，几乎和旁边的三层楼一样高。

“那个鸟居就是伏见稻荷大社的入口吗？我还以为电视里经常出现的一长列鸟居才是入口呢。”

我脱口说出了心里的想法，水濑解释道：“没错，那个就是第一鸟居，是伏见稻荷大社的入口。至于你所说的，应该是正殿后面稻荷山上的千本鸟居。”

我边听水濑解说，边穿过鸟居，石阶参道前方又出现了一座类似冲绳一带城堡的建筑物，十分高大气派。眼中所见与我先前所持的印象截然不同，令我大感惊讶。来之前我没做任何功课，还把这里想象成了深山里冷清寒酸的神社。

比起上午游览的金阁寺，这里的参道上游人更加稀疏。我一边东张西望，一边迈步前行，又穿过一个大鸟居，来到了那座豪华建筑物前，只见建筑前方摆放着两座狐狸雕像，左右各一，似乎相当于普通神社里的石狮子。

两只狐狸嘴里都叼着东西，我很快就看出其中一个是宝玉，但另一个却看不出来是什么，只知道那东西的形状很像一把刀。

“那只狐狸叼着的奇怪东西究竟是什么？”

“据说是钥匙，稻荷大神的宝库钥匙。”

“那个东西是钥匙？完全看不出来。”

我难以置信地仰头观察狐狸雕像，水濑也站在旁边瞧了片刻，就一言不发地先走了。我连忙跟在水濑身后，和她保持着一步远的距离。

刚才那座豪华的建筑物似乎是叫楼门，这也是水濑告诉我的。穿过楼门，立刻又有一个奇怪的东西映入眼帘。

我继续问水濑：“那边屋檐下悬挂的灯笼上画着螃蟹图案，是代表蟹神吗？”

“不是。据说那个图案源自占星里的黄道十二星座，所以你看，旁边灯笼上画的就是山羊座图案。”

“啊，真的很像山羊。”

我又特意绕到对面看了看，那边的灯笼上画的则是天秤座的图案。

“可是，神社里出现占星的星座图案，总觉得很违和呢。”

“是啊，据说这些东西都是最近才制作的。”水濑流利地解释道。

“那些排成一列的鸟居在哪儿呢？”参拜完正殿，我在游览示意图上寻找着千本鸟居。

“那边。”水濑毫不迟疑地迈步就走。

看来她早把路线背下来了，再加上先前流利的解说，显然事先做过充分的功课。于是我试探着说：“水濑，看来你之前相当期待来这里啊。”

水濑一瞬间竟然哑口无言，随后才略显慌张地说："没这回事。"

哈哈，她肯定很期待。水濑的反应太奇怪了，明显是在遮羞，我不禁暗自窃笑。

过了片刻，水濑似乎有些紧张地说："……是的，可能我的确多少有些期待吧。"

我停止窃笑，望向水濑，水濑则目视前方，继续说道："我以前看过一部姐姐推荐的动画片，那里的故事就发生在这一带，而鸟居也是其中的关键，所以我很想亲眼看一看。"

"你那么喜欢那部动画片啊。对了，水濑，不要光听主题歌，也应该看看动画片的内容。"

"我很少看，仔细看过的大概只有那一部。"

我明白了。简而言之，这次游览就是所谓的"朝拜圣地"，也就是亲自拜访动漫故事的发生地。当然，水濑是不懂这些宅语的。

"对了，你说的动画片叫什么名字？也是深夜档的吗？"

我好奇地问水濑，她却一言不发。我知道，她如果不想说就决不会说，所以也不再多问。其实，尽管水濑只是稍微提到了自己喜欢的动画片，我就已经觉得很高兴了。

我们俩踏着山路的石阶向上攀登，水濑突然说："对不起，我这样的态度很扫兴吧？"

"早说过不会的，我很开心。"

我并不是在假意敷衍，但水濑可能并不相信，没作任何回应。

我正想重复一遍，强调自己所言由衷，但就在这时，一列巨大的鸟居映入了眼帘。

“那就是千本鸟居吗？哇啊，太棒了！”

我越过身前的水濑，一直跑到鸟居跟前，这些鸟居比我想象的还要大。我站在千本鸟居的入口抬头仰望，水濑也从后面赶了上来，我们俩缓步走进这一长列鸟居当中。

或许由于建造时期不同的缘故，有的鸟居崭新光鲜，有的则已腐朽破败。但不可思议的是，每个鸟居的侧柱上都刻着同一个名字。我觉得很奇怪，就对水濑说：“这附近的鸟居好像都是同一个人建造的。”

“同一个人？”

“嗯，你看这里刻着‘吉田建之’。”我指着鸟居的柱子说。

水濑表情古怪地看着我，突然转过脸去，发出“扑哧”一声。我正觉得莫名其妙，却听水濑说道：“花咲，那不是‘吉田’，而是‘吉日’。”

“欸？吉日？”

我惊讶地再向柱子看去，的确是“吉日建之”。再看对侧的柱子，那上面才写着鸟居建造者的名字。

“别这么搞笑好不好。”水濑淡淡地说道。

我不禁面红耳赤地低下了头，却突然意识到，难道刚才水濑笑了？

我正要问她，却发现前方的鸟居队列突然中断，在不远处又出现了一列新的鸟居。

这些新出现的鸟居不是很高，伸手就能触到上方的横梁。它们排列得紧密无间，与其说是队列，倒更像是隧道。

这条朱红色的隧道里有些昏暗，而且整体呈一个舒缓的弧度，所以站在入口是看不见出口的。步入其中，一种异样的感觉袭来，仿佛这条隧道会通往另一个世界，我不由得停下脚步，突然发现身旁的水濑手里正握着手机。

“啊，水濑，你要不要站在鸟居前拍张照片？你手机上有摄像头吧？”

“你帮我拍吗？”

我点了点头，水濑似乎有些犹豫，但很快就答应了，把手机递给了我。我端着手机对准站在鸟居前的水濑，说了声“要拍了，茄子”，然后按下了拍摄键。我还有些期待水濑能露出笑颜，结果她仍像平时一样面无表情，甚至还多了些无奈的感觉。

我把手机还给水濑，说：“对不起，如果我早点想到，现在已经能拍不少照片了。”

“不用道歉，谢谢你，花咲。你自己不拍吗？”

“我就不用了，反正还会和流之助他们再来的。”

话音刚落，我就想起与组员们约定的时间，一看手表，只剩几分钟了。不能再给大家添麻烦了，必须尽快返回鸟居入口。

我正心慌意乱，同样确认了时间的水濑再次自言自语般地说道：“雨宫的广播快要结束了。”

“欸？啊，嗯，是啊……”

今天是星期三。此时此刻，受流之助所托帮忙代班的后辈，应该正在播放雨宫蛙的广播。

突然听水濑提起这个名字，我不禁有些惊慌，水濑却问：“花咲，雨宫还在犹豫该不该放弃当偶像吗？”

“嗯，好像是的……”我僵硬地答道。

水濑目不转睛地盯着我的眼睛，目光并不像平时那样冰冷，而是透露出某种强烈的情绪，令我不敢直视。

过了半晌，水濑才说：“如果可以的话，能不能让我见雨宫一面？”

“为什么……”

就在这时，水濑手里的手机响了。她打开手机，看了看屏幕，就默默地把手机递向我。看来是流之助打来的。

我接过手机放在耳边说：“我是花咲。”

话音刚落，手机里就传出一声怒吼。这声怒吼不是来自流之助，而是津岛发出的。

“小花你这个浑蛋！我们叫你先走一步，你却去和冰山公主单独约会！这到底是怎么回事？我决不允许！”

“不……不是这样的！对不住对不住，我马上就回去，稍等一下啊！”

我不管不顾地挂了电话，慌慌张张地把手机还给水濑，说：“嗯，刚才说到哪儿了……”

“算了，是我说了奇怪的话，抱歉。”

“可是……”

“真的算了，你还是快点去找组员吧。”

水濑的语气十分强硬，我只好不再多言，转而向她提议：“水濑，如果可以的话，接下来也和我们组一起行动好吗？绝对要比一个人逛更有意思。我们计划游完这里，就去清水寺和三十三间堂，你看你……？”

“你的好意我心领了。”水濑打断了我的独白，声音似乎又突然变得冷冰冰，“谢谢你的邀请，但我说过，我更喜欢自己一个人。”

“也许是这样，但偶尔……”

“那么再见，这段时间我很开心。”

我话未说完，耳中就传来水濑冰冷的声音。接着，她迅速转过身，快步向鸟居走去。

“等等！”

我连忙要叫住水濑，她却头也不回。就在我木然的注视下，水濑的身影如同被吸去了另一个世界般消失在了鸟居隧道的转弯处。

“很开心嘛……她应该没有说谎。”我无意识地喃喃自语。

可是，既然真的很开心，就应该一起玩啊。

我知道，就算现在追上去，大概也只会给水濑平添烦恼。最终，我只能怀着半遗憾半气恼的心情，转身踏上了来时的路。

◇

尽管我与大部队走散浪费了不少时间，但我们组还是很轻松地逛完了预定游览的景点。见时间还充裕，流之助提议，顺便去附近某个著名的动画片制作公司参观一下再回去，结果就导致我们最后不得不拼尽全力地从车站奔回旅馆。不过，这一天大家能够尽情欢笑着游览名胜古迹，还是很开心的。

要是水濑也一起来就好了——在游玩过程中，我曾无数次这样想。不过，水濑肯定不习惯这种热闹的气氛。所以我告诉自己，强扭的瓜不甜。

后来，大家吃过晚饭，组员们结伴去泡澡了，我则去其他房间找朋友聊天打发时间，然后和第一天一样，直到熄灯时间临近，才一个人走向大澡堂。之所以特意等到这个时间，是因为我不想在人太多的时候洗浴。

可是，当我打开大澡堂的门，却发现里面还像白天一样人员混杂，其中不乏小学生，甚至还有人在浴池里进行着游泳比赛。

真受不了。我暗自撇了撇嘴，走向角落里的淋浴。我用毛巾遮住下半身，坐在小凳子上，伸手去拿淋浴喷头。就在这时，突然有人从身后飞快地扯掉了我身上的毛巾。

“哈哈，真是人不可貌相，让我们看看嘛，花咲。”

“快还给我！”

我粗暴地一把夺回毛巾，盯着那个笑着道歉的家伙瞪了半晌，才又坐回淋浴前。我装作平静地开始擦洗，浑身却因羞臊而变得滚烫。

我叹了口气，不悦地心想，正因为会发生这种事，我才不喜欢旅行中的洗浴。去年的外宿研修如此，小学时的修学旅行也是如此。我很讨厌自己的身体，大家却能若无其事地观察它，拿它开玩笑。这里的很多房间明明配有单独淋浴，为什么不让使用呢？真是岂有此理。

在经历更多的不愉快之前，还是尽快离开这里吧。这样想着，我越发用力地擦洗着身体。就在这时，浴池里突然有人叫我。是吹奏乐部的朋友。

“小花，我早就想问你了，你和流之助是不是关系特别好？”

“算是吧，我俩认识很久了。”

“那你能不能问问流之助，雨宫蛙到底是谁？”

我顿时停下了手上的动作。不过，这种问题早已不是头一次听见，所以并未感到狼狈。

我故作遗憾地说：“我也想知道呢，问过那家伙好多次了，可他就是不告诉我，没办法啊。”

“唉，原来你也不知道啊。我还想见见她本人呢。”

“啊，我也是我也是。小蛙绝对是个美女，你看 CD 上的画像，那应该就是按照她本人的样子画出来的。”立刻有人随声附和。

听着他那天真的声音，我心里又感到一阵痛苦。对不起，那幅画像只是想象图，和真人没有半点关系。早知如此，事先在封面上说清楚就好了。

我觉得这种时候自己不该一言不发，就冲浴池里说：“可是，她要真是个美女，又何必刻意把脸藏起来呢？”

“搞什么啊，不要打碎别人的美梦嘛。”浴池里传来不满的声音。

接着又有另一人说道：“不过话说回来，隐瞒身份到如此地步，这正常吗？咱们学校所有年级全算上大概只有两百个女生，就算再怎样改变声音，也应该会被人认出来才对。”

“你这么一说的确没错，难道她不是咱们学校的学生？”

“不对不对，应该还有另一种更大的可能。”

“哦？什么可能？说说看说说看。”不少人都兴致勃勃地跟着起哄。

先前说话那人卖了半天关子，才继续说道：“其实，雨宫蛙是个男的。”

我顿时呼吸一窒。如此出人意料的发言，使得澡堂里瞬间变得鸦雀无声。然而，就在我不安地转身去看时，沉默却变成了爆笑。

“不可能！绝对不可能！虽说这确实是一个盲点！”

“一般来说，哪有男人能发出那样的声音？那绝对是女孩的声音。”

“这你就不懂了。只要像这样，灵活运用假声，就算男人也能……”

“那你倒是试试用女声模仿一下小蛙啊。”

“试试就试试。啊——，啊——。大家好，我是雨宫蛙。”

“这是什么奇怪的声音！你是老鼠吗？”

“回窝做梦去吧！”

众人再次哄堂大笑，浴池里一阵叽里呱啦，热闹非凡。我胆战心惊地仔细听着众人交谈，半晌才长出了一口气。不要紧，就算有人怀疑雨宫蛙是男的，也只会被大家当成玩笑。

我放下心来，开始冲洗头发上的泡沫。就在这时，隔着哗啦作响的水声，突然有人不满地说：“不要再说小蛙是男人，太毁灭了。”

“啊，的确。先不说可不可能，光是想象一个男人像那样说话，就觉得恶心。”

听到这句话的一刹那，我不由自主地死死攥紧了手里的毛巾。

“恶心”，别人的这样一句话，为何令我感到如此心塞？尽管我从一开始就知道这一点。

我保持着用喷头冲洗脑袋的姿势，浑身僵硬，一动不动。旁边的同学探过头来，担心地问道：“小花，你看起来脸色很差啊，没事吧？”

“……啊，嗯，只是觉得有点头晕。”

“是浴室太闷了吗？还是进来之前就头晕？总之，如果觉得不舒服，最好不要勉强。”

浴池里的人仍在大笑不止，在我听来就像是对我的嘲笑。

“嗯，我不洗了。”

我胡乱冲净头发，起身逃一般地离开了澡堂。

互诉内心

这短短一句话，却似乎透露出一丝调皮，

令人听了心里痒痒的，我的心脏顿时又开始剧烈跳动起来。

我这才终于确信了自己的心情——原来我喜欢水濑。

大概在就寝时间过去一个小时后，我独自走在旅馆院子里。虽然熄灯后外出是被禁止的，但我很走运，来到这里并没被老师发现。实际上，昨天夜里也没几个老师过来巡视，似乎三年级的老师对学生是全面信任的。

院子中央有个小水池，周围的草坪上整齐地种满了树木。我背靠在水池旁的一棵树上，低头望着黑暗的地面。此刻只有走廊里的电灯还亮着，周围的景色几乎都成了阴影。住在这里的只有我们和另一所高中的师生，所以院子里空荡无人，只有不知从哪里传来的蛙叫声兀自响着。

流之助等人今晚依然在畅谈限制级的话题，明明聊的内容和昨晚没什么区别，但他们就是乐此不疲。

我之所以离开房间，除了不想听那些低级无聊的对话之外，更重要的是，我想找些时间独处。

“想象一个男人像那样说话，就觉得恶心。”我又想起了在澡堂里听见的这句话。

我明明已经决定，旅行期间不再为此事而烦恼，如今却被区区一句话搅得心神不安，真是汗颜。

长叹了口气，我闭上双眼，侧耳去听那响自黑暗中的青蛙的歌声。不知道为什么，我也突然很想唱歌，情不自禁就做起了发声练习，但我立刻就回过神来，闭上了嘴。

怎么还有心情唱歌呢？刚刚还因为被人说这个声音恶心而感到沮丧呢。我苦笑着，但还是重新调整喉头，用雨宫蛙的声音唱了起来。

我轻声哼唱着雨宫蛙的歌，发现自己的心情渐渐恢复了平静。烦恼也好，迷茫也罢，都随着此时的歌声变得无关紧要了。我继续唱着，自胸口燃起的火热渐渐传遍全身。啊，我果然还是喜欢用这个声音歌唱啊。

唱完雨宫蛙的童谣，我又继续开始唱另一首歌——水濑先前点过的那首动画片的主题歌。

我一边哼唱着歌词，一边心想，当神秘偶像这件事，也许从一开始就是错的。本来，我只要能用女声唱歌就已经很幸福了，可是出于不甘满足的欲望，我又想让大家听到这个声音，想让大家认为我是女孩子，所以才会伤害到堀井等相信雨宫蛙是女生的人，才会让我自己也感到如此痛苦。

所以说，我还是应该在 KTV 的小包房里自娱自乐就好了。事到如今，我才明白这一点。

旅行结束后，要不要跟流之助说，小蛙想放弃继续广播呢？

就在开始专心思考这件事的时候，我的歌声已经不再像窃窃私语般低微。不知不觉间，我竟然忘记这里既不是 KTV 的包房，也不是我的寝室，而这样的结果无疑很糟糕。

“难道，你是雨宫？”

“啊！”

我竟然奇迹般地直接用女声发出惨叫，接着以小动物躲避天敌般的速度，飞快地缩身藏到了树荫里。心跳瞬间加速到峰值，险些令我窒息，拼命捂住嘴的手心里也已浸满冷汗。

太差劲了，如此疏忽大意的自己实在是太差劲了。就算声音没有被人察觉，一旦被人看见我的模样，也会彻底暴露的。不对，等等，刚才那个声音，难道是——

“对不起，我并不是有意吓你的……”

声音再次从身后传来，我确信了。没错，这个如同机械般的冰冷声音的主人正是水濑。搞什么啊，为什么发现我的人偏偏是水濑！

心跳的声音仿佛越来越响。怎么办？孤注一掷，全速逃跑？恐怕没戏。就算运气好，没有被她看见我的脸，可是光凭体型也能知道我是男的。当然，也有可能在她刚才打招呼的时候，就已经看见了我的模样。

我陷入绝望，水濑却说：“啊，你不用担心。这里太黑了，我并没有看见你的样子。”

我忍不住就想长出一口气，长到把身体里的空气吐个精光，慌忙用双手捂住了嘴。如果发出这样的声音，说不定就会暴露男人的

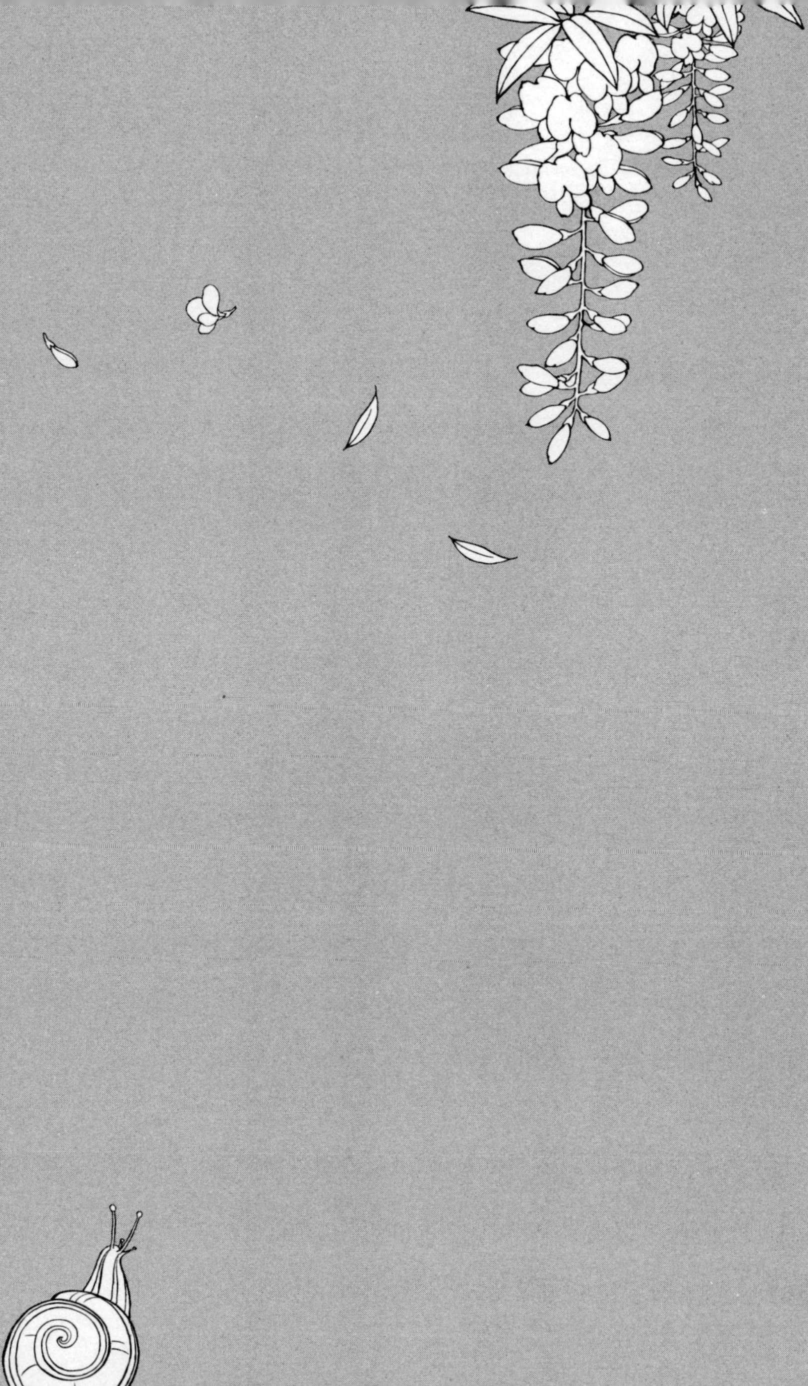

心跳的声音仿佛越来越响。

怎么办？

身份。此情此境，我觉得自己简直要难受死了。

不过，好在没有被水濑看见我的模样，算是不幸中的万幸。而且，她好像也并没有向我靠近。

眼下能够摆脱困境的办法只有一个，那就是完美地扮演雨宫蛙，骗过水濑。

“雨宫？”

我刚做出觉悟，就听见水濑诧异地问道。

不能再沉默下去了。不要紧，又不是什么难事，只要像平时在房间里录音时那样，用女声随便说话就行。

我一边这样告诉自己，一边静静地做了个深呼吸，然后才用雨宫蛙的声音说：“不……不好意思，我刚才吓了一大跳，脑袋里一片空白。”

紧张的喉头正常地发出了雨宫蛙的声音。我话音刚落，水濑就是一声惊呼。

“真的是雨宫啊，我是一班的水濑都，你应该听花咲提起过吧？”

“哇，原来是水濑啊！对不起，我是第一次听见你的声音，所以刚才没认出来。谢谢你总是捧场点歌。”

虽说通过每周的录音，我早已习惯完全用雨宫蛙的声音随意讲话，但连我自己都没想到，此时此地竟然能做到如此流畅自然。为了让狂跳的心脏冷静下来，我自嘲地心想，自己要是不参加吹奏乐部，而是加入戏剧部，绝对能大展身手。

事实上，我从水濑的回答里也并未听出任何怀疑的意味——

“不用谢。不过真没想到，你竟然也是三年级的。”

“我平时说话的声音和唱歌时完全不一样，所以才没被人认出来。”

水濑“哦”了一声，随后就陷入沉默。黑暗的院子里只剩下蛙叫声和我的心跳声。

我开始觉得，发现我的人是水濑，也许反而是件好事，因为依照水濑的性格，和她之间的对话不会持续太久，这样说不定真的不会暴露呢……

我刚稍微松了口气，沉默良久的水濑终于开口说道：“雨宫，我有件事想拜托你。”

“好，好的，什么事？”

“咱俩今晚在这里说过的话，不要告诉任何人，也包括花咲，可以吗？”

“啊？嗯，这个……”

我没想到会是这样的事，一时不知该如何回答。

这件事我根本做不到，因为水濑所说的“花咲”此刻就站在这里，已经把她说过的话听得一清二楚。更重要的是，我想尽快结束对话脱身，所以最好的办法还是拒绝，尽管这样做有些对不住水濑。

然而，我心里很明白应该怎么做，却偏偏说不出拒绝的话来。

“看来不行呢。”

水濑的语气依旧很平淡，我却能从中听出一丝紧张，似乎是在害怕遭到拒绝。注意到了这一点，我就更不能轻易拒绝她了。

“不，不是的，只是……”

不能对她置之不顾，想要为她做些什么。啊，真是的，为什么每次面对水濑，我就会产生这样的感觉。没办法，就当作这也是服务粉丝的一环吧。反正就算再多说一个谎，也没什么本质上的区别了。

“我明白了。既然你不想被别人知道，那我不会告诉任何人的。”我克制着内心的罪恶感，如此答道。

水濑长叹一声，明显松了口气，可这声音在我听来，却感到有些异样。若在平时，水濑就算叹气，也不会发出如此明显暴露情绪的声音。而随着水濑继续说出的话，这种小小的异样立刻变成了大大的震惊。

“……太好了，谢谢你答应。其实，我一直都想摘下面具跟你聊天呢。”

听见这句话的一瞬间，我不禁怀疑此刻交谈的对象是否真的是水濑，因为她的声音给我的感觉一下子就变了。

这种变化并不是声调高低或遣词用句上的改变，而是从毫无感情的淡漠变成了感情丰富的愉悦，简直就像正在配音的声优突然换了个人一样。

我的大脑一片混乱，不由自主地问：“啊？摘下面具……是什么意思？”

“因为我平时总是装作寡言少语的样子，在那种状态下是完全无法跟你聊天的。哇啊，可是怎么办呢，我根本没想到会在这里遇见你，所以有很多话想说，却不知道从何说起……”

我听着与平时判若两人的水濑自说自话，早已呆若木鸡。不过我注意到，水濑此刻的声音并不完全陌生，正和她先前在图书室里偷偷唱歌时的声音一模一样。

我还以为，水濑当时的可爱声音是为了模仿雨宫蛙而勉强发出来的，却没想到那竟是水濑的原声，而她平时的声音才是装出来的。

极度震惊之下，我已经丧失了语言能力，只听见水濑有些慌张地说：“对……对不起，初次见面不该这么自来熟的，我只是觉得好像每周都和你见过面一样。那么，我也使用敬语好了。”

“不不，不是这样的！我使用敬语是因为已经习惯了这样的说话方式。我只是觉得，你给人的感觉跟花咲平时形容的完全不一样，所以吓了一跳。”

“……原来是这样啊。的确，我在学校里可是绝对不会像现在这样说话的。”水濑很是感慨。

我并不是从未想过，水濑那种生人勿近的态度其实是装出来的。在此前的交谈过程中，她就多次说出过与平时形象极不相符的话，而且有时我也觉得，她的面无表情是故意装出来的。

但即便如此，眼前这个像普通女孩一样欢声交谈的水濑，也完全超出了我的预料，令我始终缓不过神来。

——表里不一。

我终于真正明白了水濑姐姐这句话的含义。

“真的不要把我平时戴着面具的事告诉任何人哦。”水濑特意叮嘱道。

我怀着内疚的心情点了点头，这才回过神来问她：“可是，你平时为什么要装成那种……嗯，很酷的态度呢？”

“你直接说冷冰冰就行了。关于这件事嘛，其实有很多原因。”水濑半自嘲地搪塞过去，随即改变了话题，“不说这个了，多谢你上次送我 CD。我把歌曲拷进了 MP3，每天都会听呢。”

“你能这么喜欢，我很开心。”

“我很早以前就想，要是在家里也能听见你的歌声就好了。我也曾想过拜托花咲，但是说不出口。我还在视频网站上搜索了很多次，看看你有没有投稿，但也没找到。”

突然，我注意到水濑又说出了一个很违和的词——视频网站？

“水濑，你平时也会浏览视频网站吗？”

“嗯，你也知道，我点的歌都是那个网站上的。”

“但那不是你姐姐告诉你的吗？你说自己没上过那个网站……”

“啊，花咲连这个也告诉你了。”水濑自言自语般地嘀咕着，不太好意思地说道，“其实啊，那也是假的。”

“假的？”我反问道。

“嗯。”水濑点了点头，“起初的确是老姐告诉我说有这么一个网站，上面有很多好听的歌。不过现在嘛，有关视频网站的事，我已经比老姐更了解了。”

这么说起来，确实从一开始就很可疑，只不过因为浏览视频投稿网站根本就是宅人的兴趣，跟平时的水濑完全不沾边，所以我才丝毫不曾怀疑过。

我还没从震惊中缓过神来，就突然又注意到一件事——水濑在家里面对姐姐时，使用的称呼果然不是“姐姐”，而是“老姐”。

“所以我在第一次听见你的歌声时，真的吓了一跳呢。我完全没有想到，在学校里竟然也能听见视频网站上的歌。你在第一次广播时唱的《猫的公交站》，就是我最喜欢的歌。”

“啊，是吗？其实，那也是我最喜欢的歌。”

“真的吗？哇，好开心啊。这么说，其他投稿者的歌你是不是也都喜欢？”

“没错，还有好几首喜欢的，比如说……”

我正要说出脑海里浮现的歌名，突然忆起从前，就忘了说下去。

我心里想，跟摘下面具的水濑聊天真是一件愉快的事。要是当初在图书室值班时，就能像现在这样和她交谈，那该多好啊。

“欸？你怎么了？”

“没，没什么。不好意思，我刚才在想，要是花咲也能像现在这样和你交谈，他肯定会很开心的。因为他身边没有对音乐志同道合的朋友，一直觉得很遗憾呢。”

我慌慌张张地说完，水濑却毫无反应。我越发慌张地又说：“不是，我想花咲并不会把你的真实样子到处宣扬的！”

水濑终于用恢复平静的声音说道：“嗯，我知道花咲不是那样的人，而且我对他也很感激。我的态度一直很差，他却总是主动和我说话，从不放弃。还有，也许他已经跟你说了，今天小组行动时，我和花咲一起去了伏见稻荷大社。当时我被自己的组员抛弃，正在沮丧，是花咲陪我逛陪我玩，真的很开心呢。”

等等，这是怎么回事？我惊讶得忘了继续扮演女声，险些脱口而出，幸好及时忍住了。

抛弃？这件事我还真不知情。水濑当时明明说的是，她们组一开始就计划分头行动，而且是她主动提议的。

“是我自作自受喽，因为我平时总是摆出一副百无聊赖的表情嘛。要是和我一起行动，难得的快乐旅行也会被毁掉。”水濑看出我的疑惑，故作轻松地说道。

她轻快的声音反而令我感到心痛，我的声音相对则很沉重：“……既然如此，为什么在逛完伏见稻荷大社之后，你不跟花咲一起行动呢？花咲和我说了，他邀请你一起玩，但是被你拒绝了。”

“嗯，其实啊，我也想跟花咲一起玩的，可是那样一来，就该给他添麻烦了。”

听水濑这样说，我不禁回想起当初分别之际她的态度。现在我明白了，她当时之所以突然声音冰冷地拒绝我的邀请，是因为她在刻意隐瞒想要和我一起行动的心情。

水濑叹了口气，平静地说：“可是很遗憾啊，花咲好不容易邀请我，却遭到那样干脆的拒绝，就算是他那么好的人，今后也不会再理我了吧。”

“不会的！花咲一直很在乎你。他后来还在担心你一个人会去哪里，还在后悔邀请你时应该再努努力的。”

我当初真的不该轻易放弃。哪怕拽着水濑的手，也应该拖着她和大家一起行动。然而，事到如今再说这些已经迟了。

“花咲真是个温柔的人啊。”水濑喃喃地说。

我正暗自后悔，听她这么说，不禁抬起头。

“我也想跟花咲像普通人一样聊天……可是做不到啊。我不能让他看见我的这一面。”

“……可你明明能跟我这样交谈。”

“雨宫你不一样。因为我们今后可能都不会在学校里见面、聊天了，但是花咲不同。我想成为他的朋友，却又害怕成为他的朋友。”

害怕？我越来越好奇了。水濑究竟为什么要戴着面具，把自己伪装到如此地步呢？

我正犹豫着要不要问她，水濑却说：“雨宫，我能问你一个问题吗？”

“什……什么问题？”

“你为什么会参加这次偶像选拔活动？”

水濑的语气很郑重，看来她这样问绝不只是出于简单的好奇，我却不知该怎样回答这个问题。我尝试当偶像的理由，与我的秘密愿望是分不开的。所以，就算我此时此刻的身份是雨宫蛙，也不愿向别人透露这件事。

见我沉默不语，水濑慌忙说道：“啊，要是不方便说就算……”

“我觉得，”水濑话未说完，我就用紧张的声音打断了她，“只有在用这个声音唱歌、说话时，我才能成为理想中的自己。起初，我只是一个人唱歌就很满足了，可是慢慢地，我开始想让其他人听见自己的声音。就是在这个时候，流之助问我想不想参加这次偶像选拔……可是，我这样做也许错了。”

“错了？”

直到听见水濑的反问，我才回过神来。糟了，为什么要说这些多余的话。

我正埋怨自己，就听水濑说道：“我听花咲说了，你正在为该不该放弃当偶像而烦恼，但他并没有告诉我你为此烦恼的理由。如果可以的话，能不能告诉我呢？”

我迟疑了片刻，最后发出一声微不可闻的叹息。事到如今，我再也无法隐瞒下去，只能回答水濑的问题：“我前不久收到了一封情书。”

“情书？从粉丝那里吗？”

“是的。那是一封货真价实的情书，我能看出写信的人是真心喜欢我。可是，我并不是他想象中的那种可爱的女孩子，我为欺骗了他而感到难过，而且我也想成为他想象中的女孩子，但这个愿望无法实现……所以我就想，与其伤人伤己，倒不如从一开始就不当这个偶像。”

我吐露完心声，默默地低下了头，水濑也一时无言。蛙叫声显得越发响亮了。

漫长的沉默过后，水濑有些犹豫地说：“你的心情我能体会，我也知道无法变成理想中的自己的那种感觉。但是就算这样，我也不希望你放弃。”

水濑的语气异常强硬，我惊讶地抬起头，她则以坚定的声音继续说道：“我今后还想继续听你的广播，我是第一次如此喜欢一个人的歌声。所以拜托了，雨宫，不要放弃。我喜欢你的歌声，我喜欢你。”

瞬间，我一度平静下来的心脏又开始剧烈跳动，感觉像要窒息一般，竟然无法做出任何回应。

水濑继续平静地说：“只有这件事我一定要告诉你，我不希望你放弃。”

“谢……谢……没关系的，我不会放弃。”

我像着了魔一般，做出了这样的回答，而压在心头的那股难以言喻的沉重感，也不可思议地减轻了许多。

既然水濑都这样说了，那我就继续当这个偶像，继续扮演雨宫蛙好了。

“太好了。”水濑松了口气，声音又恢复了开始时的活泼，“喂喂，咱们再聊一会儿好吗？我还有很多事想问你呢，比如推荐歌曲什么的。”

“欸？好，好的，当然可以！”

接下来，我就和水濑聊起了音乐。只要我提到的歌曲也是她喜欢的，她的声音就会显得很开心，而如果是她没听过的歌，她就会兴致勃勃地详细询问一番。

我知道聊得越久，露馅的风险就越大，但我就是不想匆匆结束对话，还想和水濑一直聊下去。

在交谈过程中，水濑越来越多地发出了本来的声音，那声音仿佛令我的心跳再次加速起来。而且，她的音色似乎与刚刚惊呼时的声音并不一样。

听着水濑活泼欢快的声音，我不禁想，此刻的水濑脸上正露出怎样的表情呢?

我越听水濑的声音，就越想知道她脸上的表情，很想从树荫里探出头去看看她此刻的样子，但我知道自己必须继续隐藏，只能拼命忍耐。

就这样聊了不知多久，水濑才突然说道：“对不起，我太开心了，拉着你聊了这么久。要是再不回去，被老师发现就糟了。今天能见到你，真是太好了。”

其实，我很想用自己真正的声音告诉水濑，能和她这样聊天我也很开心。但最终，我还是以雨宫蛙的语气答道：“能和你聊天，我也很开心。”

“嗯，那再见了。我今后会继续支持你的。”说完，水濑就返回了自己的房间。

直到水濑轻快的脚步声彻底消失，我才长出了口气，浑身瘫软地靠在树干上。

心里绷紧的弦终于断了，而且似乎不止如此。

过了许久，心跳仍不能恢复正常，心头荡漾着一股轻飘飘、热乎乎的暖流，同时又仿佛被一只大手紧紧攥住般痛苦。

我抬头仰望着无数繁星闪烁的夜空，不明白此刻的心情究竟是怎么回事，仿佛仅仅隔着一层窗户纸，可就是看不透。

◇

修学旅行的最后一天，早饭吃的是自助餐。

我以梦游患者的状态，夹起一片面包放在手中的盘子里。昨晚，我生怕自己一觉醒来，就会忘掉在院子里听过的水濑的声音，所以根本无心睡觉，结果自然又睡眠不足了。

突然，我感到身旁好像有人，迷迷糊糊地扭头看去，只见旁边站着一个正在伸懒腰的人，正是水濑。

“昨天对不起，拒绝了你的好意邀请。”

“没，没关系，我不介意。”

几秒钟前的睡意顿时一扫而空，我用过度紧张的可疑声音答道。

水濑的盘子里只有两小块羊角面包和酸奶。她一边添加水果，一边用只有我们俩能听见的声音轻声说道：“我昨晚见到雨宫了。”

她现在的声音和平时一样，仿佛昨晚那样的声音只是我的一场幻觉。

“哦，是吗？”我故作镇静地应道。

水濑目视前方，微微点了点头。

“你们说什么了？”

我知道水濑不会回答这个问题，所以只是随口一问。

水濑仍不看我，只说了一句：“不告诉你。”

这短短一句话，却似乎透露出一丝调皮，令人听了心里痒痒的，我的心脏顿时又开始剧烈跳动起来。

我这才终于确信了自己的心情——原来我喜欢水濑。

原来，我也能喜欢上一个女孩。

我觉得很不可思议，却又出神地望着取完早餐走向自己座位的水濑的背影，久久无法移开目光。

不确定的心情

水濑当时的声音至今仍在我耳畔萦绕。

喂，谁能告诉我，这就是恋爱的感觉吗？

“刚刚播放的歌曲是由二年级（三）班枫同学点播的《双子星之恋》。这首歌我以前没听过，多亏枫同学点播，才知道这么好听，我非常非常喜欢。我平时听的歌曲类型比较冷门，如今能从大家的来信推荐中了解到那么多好听的歌，真的很开心。”

“啊呀，果然一听见小蛙的声音，才真觉得已经回来了呢。”阿东语气夸张地说。

“难道你的心还在修学旅行里畅游不成？月底可就是期末考试了。”沼田毫不留情地吐了个槽。

我们从京都回来已经过了一个礼拜。

阿东就像没听见沼田的话一样，继续说道：“啊啊，现在只要一闭上眼，那些场景还会鲜明地浮现在脑海中——金阁寺、伏见稻荷大社、奈良的大佛、像年幼的少女一样和鹿嬉戏的小花。”

“我希望你能把最后那个忘掉。”

说完，我一边啜着开始变冷的汤，一边飞快地向水濑所在的方向瞥去。雨宫蛙的歌一结束，水濑就恢复了平时的扑克脸，看她端起汤匙送向口中的动作无比僵硬，真的活似一个机器人。

她此刻的样子，跟那天深夜我在院子里与之交谈的水濑，简直判若两人。但我知道，那时的她才是真正的水濑。

水濑当时的声音至今仍在我耳畔萦绕。要是能和水濑再像那样聊一次就好了。从修学旅行回来后，这样的想法变得越来越强烈。

我正出神地望着水濑，喇叭里又响起雨宫蛙的声音："那么，上周刚刚结束修学旅行的三年级的各位，在下次广播里，我想问问大家的旅行感受，比如游览名胜时的感想、分组行动中的趣闻，当然也欢迎分享浪漫的恋情了。我期待着大家多多来信。那么，下周的广播再会。"

当天的图书室值班，是水濑先开的口："你今天很沉默呢。"

"欸？啊，我本来就不是很能说的人。"我吓了一跳，连忙端正坐姿答道。

"是吗？"水濑随口应着，静静地翻开了手里的书。

自修学旅行最后一天早上那次简短的对话以来，这是我与水濑的第一次交谈。

我暗暗自责。只有在图书室值班时才有机会跟水濑交谈，我从上周就开始期待这一刻，可不过是空了一周没值班而已，我似乎就彻底忘记该以怎样的方式跟水濑搭话了。

以前在这间图书室里，我和水濑是怎样交谈的？我是怎样提起话头的？我拼命回忆着过去的对话内容，甚至希望能把旅行前的自己拽过来，亲自指点自己。

我知道自己太在乎水濑了，正因如此，才无法做到像面对流之助或其他朋友时那样轻松随意地交谈。

焦急之间，连读到一半的轻小说里的情节一时竟也想不起来了。我又向水濑望去，见她淡粉色的双唇紧紧抿着，显得百无聊赖。那天夜里的声音，真的是从这对嘴唇里发出来的吗？

我无论如何都想再听听那个声音，想知道当时的水濑脸上究竟是怎样的表情。

“……有什么事吗？”

水濑的问话令我回过神来，她正斜眼看着我，脸上带着诧异的表情。看来是我走了神，刚才一直都在盯着她看。我尴尬地道了声歉，低下头，轻轻叹了口气。

第一次值班时的尴尬气氛似乎又回来了。我一边恍惚地听着操场上传来的部门活动的呐喊声，一边思考怎样才能让水濑像那天夜里一样，摘下面具和我交谈。

——对了，如果交谈对象是雨宫蛙，水濑就能采取正常的态度。既然如此，何不告诉她，我就是雨宫蛙。其实那天夜里，我就想实话实说了。

仅仅认真思考了一秒钟，我就毫不犹豫地否决了这个念头。如果真的这样做了，如果被水濑知道我是如此恶心的人，她肯定不会再理我的，而且还会讨厌雨宫蛙。这种最坏的结果是我无论如何都不想见到的。

最终，为了能够再次跟摘下面具的水濑交谈，我只能继续隐瞒雨宫蛙的真实身份，设法一点点拉近我们俩之间的距离。

可是话虽如此，我却无论如何也找不到开口说话的勇气。

我就这样一直苦恼着，直到有三个一年级学生结伴走进了图书室。虽说就快要到闭馆时间了，但这种情况还是很常见的。

对于这几个学生的到来，我本该感到遗憾，但实际上，我却在心里暗暗感谢他们，感谢他们给了我沉默的借口。

◇

炫彩球灯闪烁的整间 KTV 包房，响彻着雨宫蛙的歌声。

自四月广播开播以来，星期五来 KTV 练歌已经成了我的习惯。下周预定播放的歌曲已经录完，在剩余的时间里，我尽情地唱着自己喜欢的歌。

我的声音状态很好，用可爱的声音唱歌一如既往地使我感到快乐。但不知道为什么，唯独今天，我迟迟不愿变成雨宫蛙。我突然觉得，那个以变成女孩唱歌为至高快乐的自己，简直不可理喻。

变成女孩子，这是我的愿望。我一直以为，只要我某一天喜欢上了一个女孩，这个愚蠢的愿望就一定会消失。因为通常来说，只有男孩子才会喜欢女孩子。

然而，这个愿望至今仍无丝毫改变，用女孩的声音唱歌仍会使我感到如此快乐。我喜欢水濑，同时又想变成女孩子，两种心情互相矛盾。

——喂，谁能告诉我，这就是恋爱的感觉吗？

看着电视屏幕上显示的歌词，我不禁叹了口气。要是真有人能告诉我，那就好了。

修学旅行的那天夜里，我在旅馆院子里所感受到的剧烈心跳，肯定是有生以来的头一回，所以我自然知道，自己是喜欢水濑的。

我希望还能和水濑像那时一样聊天，我想更多地了解水濑。这种心情是确凿无疑的。

但我并没想过像普通恋人一样手牵着手散步，或是接吻。何况，光是想象一下流之助等人在那几天夜里所说的下流行为，我就觉得很肮脏。如果我不小心梦见自己和水濑做那种事，醒来肯定会厌恶自己的。

最后我认为，这种心情或许仍然只是我的错觉，就像小学时面对“她”一样。至于那天夜里所感受到的剧烈心跳，纯粹是因为我太想变成女孩子了，所以就连和女生聊天也让我感到无比快活。或许我只是单纯地憧憬，想变成像水濑那样的女孩子，仅此而已。

可是——

就在这时，包房里的电话响了。肯定又是来通知我，包房时间只剩五分钟了。我的思绪和歌声都被打断，不禁烦躁地抓起听筒，说了声“不续时”，就挂断了电话。

呼吸着泛有烟草味的空气，我长叹了口气。把唱到一半的歌曲唱完，剩下的时间还足够唱一首短歌，但我并没有继续唱下去，而是迅速收拾东西，离开了这里。

室外尽管不像上周的京都那样炎热，但我从凉爽的店里走出来，还是感到身体被一团闷热的空气包裹了起来。我一边打开停在店前的自行车的车锁，一边又思考起来。

莫名其妙地，今天早上一睁开眼，我就感到既兴奋又幸福。很快我就恍然大悟，之所以如此，是因为今天又能见到水濑了。而这样的心情，在小学那段时间面对“她”时是不曾体会过的。

我想用“错觉”这个借口来欺骗自己，却又觉得这样做没用。

骑自行车回家的路上，我想起以前读过的各种少女漫画里的情节。既然是漫画，在这种时候，初次恋爱的主人公身边总会有一个恋爱经验丰富的朋友，为主人公提供各种建议。如果说我是漫画里的主人公，那么这个经验丰富的朋友角色，就非流之助莫属了。

的确，那家伙的恋爱经验和相关知识都丰富得远超常人，还掌握着同年级女生的详细资料。而且，说不定他还知道水濑平时为什么会表现出那样冰冷的态度。

不过，那可是流之助啊。虽然还没向他提过这件事，但就这十来年的表现来看，我预感自己肯定会被他嘲笑捉弄。但是即便如此，我也不得不和他商量了。

我一边琢磨着，一边拐过熟悉的十字路口，看见家门口站着一个身穿校服的人。

是认识的人吗？我放缓自行车的速度，心怀戒备地慢慢靠近，对方却发现了我，跑了过来。

看清那张脸的一瞬间，我不禁用力握紧了手里的车把。

那人跑到我身前说道：“是花咲前辈吧？我是二年四班的堀井康人。我们前不久见过一次，您还记得吗？”

当然记得，怎么可能忘记。不过，这个以前给雨宫蛙送情书的二年级学生，为什么会站在我家门口等我。我顿时生出不祥的预感，心跳开始加速。

“嗯，是吗？不好意思，记不太清了……”我骑在自行车上，避开他的目光。

堀井毫不介意地说道：“今天我来找您，是有件事想问一下……本来想在学校里问的，但没能等到前辈，只好找到您家来了，对不起。”

“没关系……”

我根本不用问他是如何得知我家住址的。花咲这个姓并不常见，在电话簿里很容易找到差不多的住址，再上地图网站搜索一下就能确定。问题在于，他特意找到我家里来，究竟想问什么问题呢？

我藏起不安问道：“你想问什么事？”

堀井目光严肃地凝视着我：“那我就开门见山了。花咲前辈，您知道雨宫蛙的真实身份吗？”

我的脸上想必并未露出惊慌的表情，因为我早已隐约猜到了他的问题。

我苦笑着撒谎：“雨宫蛙的真实身份？为什么问我？想知道的话，该去找流之助才对。”

“我问过佐佐木前辈，但他无论如何都不告诉我……”堀井难过地低下头。

见他这副样子，我的心里充满了罪恶感。然而，堀井的话并未说完——

“所以，自从佐佐木前辈旅行回来直到昨天，我一直都在监视他。我想，他总会为了商量广播的事情而跟雨宫碰头的。”

“欸？监视？一直？”

“是的，比如放学后……啊，吃晚饭的时候我还是会回家的，但洗过澡就会立刻回来继续监视。比如上周六，我就在佐佐木前辈家附近埋伏了一整天。结果，他完全没有跟雨宫接触的迹象……”

我看着若无其事静静叙述的堀井，一时哑口无言。为了追查雨宫蛙的真实身份，他竟然无论放学后还是节假日都在监视着流之助？

堀井再次抬头看着我，我竟从他的表情中发现一丝得意，不禁感到背脊生寒。

我继续避开堀井热切的目光：“嗯，那怎么会来找我呢？既然监视他家没有任何发现，那只能说明，他们在学校里就见过面了。”

“不会，我知道他们并没在学校里见过面，因为有很多人确认过，并在论坛上汇报了。”

听完这番话，我只能继续拼命隐藏自己的震惊。论坛？雨宫蛙的网站论坛上应该不会有这些内容，这么说，是津岛管理的论坛？难道除了堀井之外，还有这么多人正在狂热地追查雨宫蛙的真实身份？

堀井并没有给我留下追问的时间，继续说道：“说不定为了隐瞒雨宫的真实身份，他们并没有直接见面，而是通过邮件联络事宜。如果真是这样的话，就没办法追查了。不过，我发现还有其他可能性。”

“其他可能性？”我鹦鹉学舌般地问道。

“是的。也就是说，可能有人扮演了中间人的角色，代替佐佐木前辈跟雨宫见面。花咲前辈，我听说您和佐佐木前辈从小学起就是好朋友，而且上周日下午还去了佐佐木前辈家里。”

我的确去过，是为了把本周广播用的音源给他。我根本没想到，那时竟然有人在附近监视。

堀井的这番话，简直像是在说“你就是凶手”。

我尽量用轻松的语气说：“跟这件事没关系，上周日我只是闲着没事去找流之助玩的。”

“那以前呢？我在广播室门口把信交给佐佐木前辈的时候，花咲前辈为什么也在？难道不是因为您也和这件事有关吗？”

“那次也是偶然。我也喜欢雨宫蛙，当时之所以在那里，是想看看有多少人送来 CD，才会偶然碰见你的。”

我表面上装出一副轻松自然的口吻，暗地里却已陷入真实身份即将暴露的恐惧当中，心脏正在剧烈地跳动不止。

堀井死死地盯着我，但过了片刻，他就无力地垂下头说：“其实，我那时拜托佐佐木前辈转交给雨宫的信，非常重要。可是已经过去半个月了，都没收到回信。”

听着他难过的声音，我竟暂时忘了心脏里如警笛般的鸣响，只感觉充满苦闷。

“是吗？”

我像个不相干的人一样不动声色，这样的表演令我无比难受。

“我起初并没什么期待，但终究还是忍不住想和雨宫见一次面，和她说说话，于是就……”

“……对不起，我帮不了你。”

我尽力从牙缝间挤出这句话，不敢正视堀井，因为真正应该向他道歉的，其实并不是这件事。

“没关系。我来得如此唐突，才应该道歉呢。”

听着堀井故作开朗的声音，我也只能强颜欢笑。接着，他冲我点点头，就转身离开了，我也重新踩住了自行车的脚踏板。

就在这时，堀井突然转身问道：“对了，花咲前辈刚才这是去哪儿了？”

“啊？哦，去趟图书馆借了本书。”我毫不犹豫地撒了个谎，只是越到后来声音越小。

“哦。”堀井似乎并未怀疑，再次鞠躬后就离开了。

我把自行车停在车库里，逃一般地进了家门，立刻背靠墙壁，等待心脏平静下来。

今天并不是我第一次害怕真相暴露，但此刻所感受到的恐惧，却与以往截然不同。

因为堀井正在认真追查雨宫蛙的真实身份，而且事实上，他已经发现我和雨宫蛙有关了。

我很担心，不知道刚才的话有没有骗过他。

这样下去，总有一天会被他发现雨宫蛙就是我。为了避免这种情况的发生，我决定必须先找流之助商量一下。

这样想着，我伸手就要开门，忽然心头一动，连忙停了下来。说不定堀井只是假装走了，其实正在附近监视我的行动。通过刚才的交谈，我已经知道这种事他是做得出来的。要是被他看见我慌慌张张地跑去流之助家，肯定会更受怀疑。

我又感到后背一阵发冷，立刻放弃了直接去找流之助的打算，走向客厅，拿起了电话。

她的秘密

我的挽留没能让水濑停下脚步。

我心里明白，不能让她就这么走掉，必须立刻追上去，

可是我的身体犹如冻住一般，丝毫动弹不得。

电话对面的流之助，声音显得格外愉快。

“哈哈，那人还真是一个有毅力的笨蛋啊。为了追查小蛙的真实身份，竟然在我家附近监视了一周？哎呀，我都没发现。”

“都什么时候了你还笑。小蛙的真实身份要是真暴露了，可怎么办啊。”

“啊，不好意思不好意思。不过你也不用太担心，反正他又没亲眼看见你和小蛙见面。”

我很想反驳流之助的乐观言论，却又无从反驳。这么一来，慌慌张张地联系流之助的我反倒像个傻瓜了。

我正着急，流之助又说：“嗯，最近追查小蛙真实身份的行为确实有愈演愈烈的趋势。我先前还在想，要是下次还有人来问我，就顺便告诉你一声的。”

“我听他说，学校里也有人监视你的行动，然后在论坛上汇报。”

“啊，是津岛管理的论坛。我早就知道了，只是没想到有人这么快就找上你了。”不知不觉间，流之助的声音也变得严肃起来。

他先前不紧不慢的语气还令我心焦如焚，如今突然换成如此郑重的口吻，我心里反倒更没底了，急忙说："喂，要是不想办法，小蛙的真实身份肯定会暴露的。"

"不用担心，我刚刚确认过了，论坛上还没出现你的名字。去找你的那个二年级学生，可能并没打算把自己得到的情报透露给其他人。而且，我先前已经拜托过津岛了，一旦论坛上出现不好的内容，他就会立刻删掉。"流之助的声音又变得开朗起来。

"那就好。"我长出了一口气。

"就是好哦。"流之助的语气充满调侃的味道，随后又变得很坚定，"知道小蛙真实身份的人只有你，而知道你知道小蛙真实身份的人只有我，所以只要我或者你，尤其是你不露马脚，小蛙的真实身份就不会暴露。"

被他这样一说，还真是这么回事。刚才只是因为堀井出现得太过突然，我才会感到不安，其实就算他怀疑我和小蛙的关系，也无法仅凭这一点追查出小蛙的真实身份，所以就算他再怎样监视，也绝对不可能见到我和雨宫蛙见面。

我拍了拍胸口，松了口气，流之助继续说道："不过，那个二年级学生可不同于那些跟着起哄的家伙，最好还是小心些，不然也很麻烦。他叫什么来着？堀井？是二年级几班的？"

"对，堀井康人，二年级（四）班。"

"知道了，我最近会小心提防他的，你也多留神吧。对了，小蛙把下周要用的音源给你了吗？"

“还没……”

“那这次最好不要直接见她，那个堀井很可能会监视你的行动。”

“明白了，这方面没问题。”

“那就好。我也知道，小蛙绝对不愿意暴露真实身份，所以我也会采取各种措施，无论如何都要确保万无一失。”

流之助的话听起来很可靠。当然，我不会把这句话说出口，不然他会更加得意忘形。不过我心里在想，有这样一个优秀的制作人真是太好了。

或许是因为接触到了流之助值得信赖的一面，在他正要挂断电话的时候，我突然叫住了他：“那……那个，我有件事想问问你……”

“哦？什么事什么事？”流之助显得格外热切。

见他如此兴致勃勃的反应，我下意识地忍住了将要说出口的话。

我是想问他知不知道关于水濑的事。

“……啊，还是算了，下次再问你吧。”

“好，那我挂……”

没等流之助说完，我就迅速放下听筒，长长地呼了口气。终究还是没能问出那个问题，我早已羞愧得面红耳赤。

只要问问流之助，也许就能知道水濑的事，纵然为此要被他嘲笑捉弄，又有什么关系呢？我为自己的胆怯感到既惭愧又惊讶，就这样怀着复杂的心情回到了自己的房间。

如果自己一直这样的话，到下周值班时，肯定还是没法跟水濑交谈。我仰卧在床上，望着天花板发出一声叹息。

要是有合适的话题，能让我很自然地起个话头就好了，可是我左思右想，也找不到这样的话题。

喜欢的音乐？这个不行。前天值班时，我就一直想提起这个话题，但直到最后也没找到合适的契机。水濑的姐姐？这个也不行。我以前就略微提过一次，结果被水濑毫不留情地置若罔闻了。水濑经常上的视频投稿网站？这个还是不行。因为以花咲的身份来说，我是不应该知道这件事的。还有没有别的话题呢？

“对了，那部动画片。”

我灵光一现，猛地从床上坐了起来。

修学旅行分组行动时，水濑说过，她之所以来伏见稻荷大社，是因为她喜欢一部动画片，而伏见稻荷大社就是那部动画片的故事所发生的舞台。所以，只要以那部动画片为话题，我就能很自然地跟她搭话了。比如可以这样说：“你上次说的那部动画片，我前几天也看了。”

我立刻启动电脑，打开搜索网站。虽然水濑并没告诉我那部动画片的名字，但应该很容易就能查到。我输入“伏见稻荷大社动画片”，开始搜索。结果不出所料，很快就找到了。

“欸？这部动画片是……”我诧异地叫出声来。

显示在搜索结果最上栏的动画片的名字是——《微笑在琥珀街头》。水濑以前点过的一首歌正是这部动画片的主题曲。

我觉得很奇怪，因为我当时在图书室里提到这部动画片的名字时，水濑说她只知道主题歌，并没看过动画片的内容。可是在修学旅行时，她却说这是她很喜欢的动画片。水濑为什么要说谎呢?

我百思不解地打开了《微笑在琥珀街头》的官方网站。首页显示着一幅画，画中的背景正是上周刚见过的千本鸟居，鸟居前方伫立着几位美少女。

在看清那幅画的一瞬间，我顿时说不出话来。

在那幅画中，我看见了水濑。

◇

幸运的是，我经常浏览的视频投稿网站上提供了《微笑在琥珀街头》第一话的官方下载链接。如有必要，我可以问流之助要后续部分，不过仅靠第一话，我就已经能够确认想知道的东西了。

又过了一周，到了图书室值班时间，我却始终犹豫不决，不知道该不该问水濑。

我想问的事，水濑肯定是不愿提及的。所以，如果提问的方式过于鲁莽，就有可能激怒水濑，不仅起不到拉近距离的效果，更会适得其反。光是这一点，就令我迟迟无法做出决定，结果直到图书室闭馆时间来临，终究还是没有问出口。

在分头确认窗户是否锁好的过程中，我扭头望向对侧的水濑。

不出所料，今天又没能和她说上话。如果每周都这样下去，那就永远不可能和水濑变得亲近。更何况，和她在图书室值班的机会仅限于本学期，一旦到了下学期，也许连说话的机会都没有了。

不能再这样下去了。一直犹豫不决，终究于事无补。

在心底涌起的焦急情绪的刺激下，我狠狠咽了口唾沫，装作若无其事地说："水濑，我有件事想问问你。"

水濑略歪着脑袋，向我望来。看着她的动作，我越发确信了——没错，一模一样。

"你先前不是把一部动画片的主题曲 CD 借给我了么，名叫《微笑在琥珀街头》，你喜欢那部动画片？"

就在我说出动画片名字的一刹那，被夕阳余晖映成剪影的水濑肩头突然一颤，但这也是她唯一的反应。

水濑用一如平时的语气说道："不喜欢，连内容都没看过。"

"是……吗？"我知道她其实看过，但我故意绕过这个谎言，"其实，我前不久偶然在视频网站上发现了这部动画片，就大概看了一下。"

水濑丝毫没有表现出惊慌的样子，也许她已经知道我真正想问的是什么了。

"哦。"水濑若无其事地应了一声，继续锁好窗户。

我也故作轻松地说："刚开头就把我吓了一跳，有个女主角跟你长得特别像。"

其实，“特别像”这样的形容并不准确，因为那个名叫冰川冻子的女主角，和水濑简直是从一个模子里刻出来的。从发型、眼镜等外部特征，到泰山崩于前而不乱的面无表情，再到说话时眉头微蹙的动作、歪着脑袋的样子、轻耸肩膀的姿势，都跟水濑一模一样。

《微笑在琥珀街头》讲述的是与超能力有关的校园爱情故事。跟水濑“特别像”的那个冰川冻子，其超能力是，所有和她有关的人都会遭遇不幸。因为这一能力，她只能拒所有人于千里之外，在教室里也总在面无表情地看书。由于不讨喜的态度和出众的美貌，周围的女生经常欺负她，但她并不在意，既没有哀叹孤独，也没有怨天尤人，是一位很坚强的少女。

“是吗？只是巧合。”水濑一边锁窗户，一边不感兴趣地说。

接着，她走向旁边的另一扇窗户，同时飞快地向我瞥来一眼，下颌微微上下抖动，像是在告诉我别说无聊的话了，快点锁好窗户。

我连忙开始锁窗户，但很快就停了下来。要是就这样放弃的话，可就再没机会提起这个话题了。于是，我尽量不动声色地说：“真的特别像，我觉得并不是巧合。我还一直在想，是不是因为你喜欢那个角色，所以在模仿她……”

我等待着水濑的回应，却只听见她关窗户的声音。

我知道，如果继续提起这个话题，只会令水濑更不开心，但即便如此，我也不能放弃：“你为什么要装成那样？”

话音刚落，水濑终于转过身来。她转身的动作与冰川冻子并不

喜欢你。
这最重要的一句话，
却因胆怯而堵在喉咙里说不出来。

一样。在夕阳的映照下，我看不清她脸上的表情，但想来应该不是平时的那种冰冷。

“我刚才已经说了，只是巧合。”水濑的声音依旧冷冰冰的，但是仿佛已经到了极限边缘。

“不可能，巧合不可能像到那种……”

“那么，”水濑的语气格外强硬，但并没有大声喊叫，只是下意识地想要打断我，“那么就算我在模仿别人，你又想说什么呢？这事跟你毫无关系吧。”

“有关系！”我立刻答道。

我再也无法继续隐瞒自己的心意了。之所以特意问她这件事，理由就是——

“因为我想跟你说话，不是平时那个装成冰冷样子的水濑，而是摘下面具的真正的水濑。因为，我……”

喜欢你。

这最重要的一句话，却因胆怯而堵在喉咙里说不出来。

我正拼命想要挤出这句话，却听水濑喃喃地说：“……是雨宫告诉你的。”

我顿时呼吸一窒。

水濑的声音就像从嗓子眼里挤出来的：“她明明跟我约定过，不会告诉任何人的。”

“不是这样的！她什么都没……”

“够了。”水濑冰冷的声音堵住了我的嘴。

夕照突然暗淡下来，让我清楚地看见了水濑的脸。我头一次见她露出这样的表情，似乎正在极力忍耐。不，我并不想见到这样的表情，我并不想让她露出这样的表情。

“别管我了。”

我正在努力思考如何才能化解误会，水濑却抛来这样一句话，随即快步走向柜台，毫不停留地直接抓起书包，径直向门口走去。

“等等，水濑！”

我的挽留没能让水濑停下脚步。我心里明白，不能让她就这么走掉，必须立刻追上去，可是我的身体犹如冻住一般，丝毫动弹不得。

水濑的脚步声在走廊里渐渐远去，终至杳不可闻。

身份暴露

明早到来之前，这个世界毁灭就好了。

我抱膝坐在床上，心里这般祈祷着。

自那天以后，我就在阴郁的心情中度过了这一周。

在教室里，水濑仍是平时的冰冷模样，既不看我，也不跟我说话，与我问出那个问题前的态度并无不同，但我觉得，我们俩的关系已经出现了不可弥补的裂缝，为此我闷闷不乐。

而且，水濑并不是讨厌我，而是因为她误会雨宫蛙把秘密告诉了我，所以才会生气。也许，即使再听见雨宫蛙的歌声，她也不会露出笑颜了。不知道为什么，这同样令我痛苦不已，就好像被讨厌的是我本人一样。

结果直到周日下午，我连一句道歉的话都没能说出口，就这样迎来了周末。若是以往，歌曲的录制在周五就会完成，但本周我心情太差了，根本没有劲头录歌。自我成功发出女声以来，这种情况还是头一次。

明后天需要参加部门活动，所以必须在今天去 KTV 把歌录好，不然流之助就收不到下次广播要用的音源了。我也犹豫过要不要谎称小蛙感冒，请一周假，但到了黄昏时分，还是强撑着起身出了家门。

以往去 KTV 都会骑自行车，但我今天决定步行。因为暂时还没心情唱歌，所以我故意走得很慢，等待情绪恢复，可是走了一会儿，心情依然无比沉重。

要不还是说小蛙感冒了？我又犹豫起来，叹了口气，站在十字路口等待信号灯变绿。就在这时，身后突然有人叫我。

“啊哈，还想是谁如此眼熟，原来竟是小都的同窗花咲君啊。”

我吓了一跳，转身一看，只见一个年纪比我大的女人，身穿西式军装，披着颜色艳丽的斗篷，正挥着手向我走来。

望着那人奇特的打扮，我片刻后才回过神来，这才想起，原来是先前在秋叶原见过的水濑的姐姐，只是她今天没戴眼镜，或许是为了符合这个角色的形象而选择了隐形眼镜。

“啊哈哈，花咲君何故做此目瞪口呆之状啊？”水濑姐姐胖乎乎的脸上浮现着愉快的笑意。

“啊，那个，您每天都在玩角色扮演吗？”

“怎么可能，偶只是刚参加完活动，而且你也用不着如此大惊小怪吧，这身衣服就算平时穿也很平常嘛。”

她的语气不像在开玩笑，所以我不知该如何回答。我只知道，在日本这个国家，平时身披斗篷的人肯定是极少数的。

就在交谈中断的一瞬间，我突然想找个借口迅速逃开。因为和她聊起来，话题肯定会涉及水濑。然而，就在我迟疑不决之际，信号灯变绿了，我只好迈步前行，而水濑姐姐也走向同一个方向。

“没想到会在这里又遇见你，你和偶妹的关系怎么样了？”水濑姐姐再次开口的第一句话就触到了我的痛处。

我低下头，避免脸上的抽搐表情被她看见，一时不知该如何回答。

“欸？”水濑姐姐很惊讶，“怎么了？你看起来很沮丧啊。”

“……其实，几天前我惹水濑生气了。”

“惹她生气了？到底怎么回事？”水濑姐姐诧异地问。

我一时不知该如何解释，只好说：“有部名叫《微笑在琥珀街头》的动画片，您知道吗？”

水濑姐姐顿时恍然大悟：“你发现了，小都在模仿那里面的一个角色。”

我僵硬地点点头，大概讲了讲事情经过，忐忑地问：“姐姐您知道她为什么要模仿冰川冻子吗？”

“嗯，算是知道吧。不过，这件事不应该由偶来说，抱歉。”水濑姐姐苦笑着说。

“没关系。”我摇了摇头，接着沮丧地低下了头。

水濑姐姐见我有气无力的样子，轻拍着我的后背说：“不用这么沮丧，小都应该不是在生你的气。”

“……要是那样就好了。”我并没有乐观地相信水濑姐姐的话。

真要是那样就好了——我无力地笑着心想。

水濑姐姐继续说道：“还有啊，至少小都是不会讨厌那个雨宫蛙的。这一点偶敢打保票。"

"欸，您怎么知道？"我下意识地扭头看向身旁的水濑姐姐。

水濑姐姐瞥了我一眼："因为直到现在，小都每天还会听雨宫蛙的 CD。"

我震惊地张着嘴，盯着水濑姐姐，一句话也说不出来。

水濑姐姐见我这副模样，不禁露齿一笑："是真的哦。不过话说那个雨宫蛙唱歌真的很棒，偶也朝小都借 CD 录了下来。听说她是你的朋友？"

"啊，这个，说是朋友也没错……"

我回答得心不在焉，只感到一片黑暗的心田里似乎亮起了一盏小灯。

水濑至今仍在听雨宫蛙的 CD。既然如此，那我唱歌就有意义了。哪怕她讨厌我，只要听见雨宫蛙的歌声时能够再次露出笑颜……

"偶家就在那儿。"

水濑姐姐指了指马路对面一幢崭新的公寓楼，随后走了过去。我望着她的背影消失在大楼里，才迈开沉稳的步伐，快步走向 KTV。

虽是周日下午，那家店依旧客人稀少。走进包房，我立刻开始发声练习，准备录音。可是，我没能像以往那样迅速发出女声。根据此前的经验来看，只要超过一周没有认真唱歌，我就无法迅速发出最好的声音。因此，我比平时更认真地做着发声练习，直到喉咙彻底习惯后，才开始唱。

一开始，我还无法做到随心所欲，但渐渐地，正确的女声就出来了。就这样，录完第一首歌大概花了半个小时。之前为了润嗓不停喝饮料，结果现在杯子已经空了。我只好出了趟房间，去吧台又叫了份饮料，这才接着开始练习第二首歌。

就在我练习唱完第一段歌词的时候，包房的门突然被人粗暴地大力推开了。

我呼吸一窒，转身看去，却因房间里没开灯，一时看不清站在门口的人是谁，却已经听见了他那压抑的声音："原来你就是雨宫蛙。"

"堀井，你怎么……"

此刻在我听来，从自己嘴里发出的声音竟然如此陌生。

大意了。我本以为，从他上次出现在我家门口已经过去一周多了，再怎么说，他也应该放弃监视了才对。

堀井一步踏进房间，我不由自主地后退了一步。太糟糕了！在这种情况下，根本找不到任何借口，不能暴露的事情终究还是暴露了。

"原来你一直都在欺骗我，枉费我那么真心地喜欢雨宫。你……你……你这个变态！"

喃喃自语逐渐变为厉声怒喝，直至最后爆发。堀井的声音穿透卡拉 OK 的巨大音量，深深刺入我耳中。我不由自主地蜷成一团，不知该说什么。

堀井怒视着我，过了许久，粗乱的呼吸才平静下来。他把手伸进门旁的沙发里，掏出了一样东西，是手机。难道是趁我刚才去叫饮料时放在那里的？

堀井把手机伸到我面前，满怀憎恶地说："我全都录下来了，歌声，还有刚才的对话，所有一切。我要把录音传到网上，让大家看看雨宫蛙的真实身份，看看你这个恶心的变态！"

"等……等等……"

我不顾一切地跑向堀井，可他已经先我一步冲出了房间。等我跑到门口左右寻找时，只能眼睁睁地看着他的背影消失在走廊的拐角处。

到这时，我的身体已经不能动了，可每一块肌肉都在止不住地颤抖，像是要把身体里的所有东西都吐个精光。

完了，全完了。

卡拉 OK 的歌曲已经放完，房间里的灯打开了。电视屏幕切换成了广告，响起代言明星欢快的声音，我却依然死死攥着麦克风，一动也不能动。

◇

流之助当天就来找我了。

我晚饭也没吃，澡也没洗，一直默默地蜷坐在房间角落里，直到房门被人猛地拉开，流之助一阵风般冲了进来。

“你为什么不立刻联系我！”他的声音充满愤怒，不见了平时的从容，明显是在怪责我。

我不敢看他，继续埋头一言不发。

流之助大步来到我面前，俯视着我说道：“傍晚时的论坛都乱套了，那个二年级学生爆料，说小蛙的真实身份其实是你，甚至还上传了足以成为证据的录音。”

头顶响起雨宫蛙的歌声，还有卡拉 OK 伴奏，应该是流之助正用手机播放堀井上传的录音。突然，歌声中断，继而响起堀井低沉的声音，还有我那傻里傻气的声音。

“快关掉，我不想听。”我猛地捂住耳朵。

流之助停止播放说：“小蛙的官方网站已经暂时禁止登录，津岛的论坛我也拜托他删掉相关报道了。可是，从那家伙第一次上传到现在已经过去太长时间，有太多的人都看过了，评论数量也很惊人，你看看他们都说了什么。”

“不用了，不看也知道。”我草率地说完，仍旧埋头不语。

流之助收起手机，叹了口气：“你可真是的，为什么暴露身份后不立刻告诉我呢？我是直到五分钟前才发现的。要是你出事后就立刻联系我，我就有足够的时间阻止那家伙乱写了。”

“你叫我怎么说啊！我是无数次都想跟你说的，却始终没能说出口。我一直在隐瞒自己的真实内心，一直在欺骗你，事到如今，叫我如何还能说出口啊。”

我含泪嘶吼，却突然恍然大悟。按理来说，流之助应该是刚刚才知道雨宫蛙的真实身份的，可是看这家伙的语气和态度，似乎毫不感到惊讶。

我下意识地抬头望向流之助，以为他肯定正对我怒目而视，可出乎意料的是，他的表情很温柔。

“我说你啊，”在我的默默注视下，流之助开口说道，“我怎么可能没发现小蛙的真实身份呢，从一开始我就知道是你。”

“啊……”

我没听明白流之助的意思，呆呆地注视着他，下意识地问：“一开始，是什么时候……”

“就是你一开始在这个房间里给我看那个视频的时候。”

“可是，声音……”

“啊，仅凭声音的确完全听不出来，可是小花啊，你的态度漏洞太多了。”流之助开玩笑般地用手指着我笑道。

极度惊讶之下，我早已不知该说些什么，流之助继续说道：“小花啊，你不要以为我对你的事情一无所知。我既知道你对二次元里的女装少年很憧憬，也知道你很羡慕两声类。别小看我这个从小玩到大的伙伴啊！”

流之助的语气格外轻松，说出的话却令人难以置信。我不禁怒气贯顶，瞪着他大喊发泄：“既然你早知道，为什么一开始不阻止我！你肯定事先就知道事情会变成这个样子！”

脱口而出的一瞬间，我就意识到自己的话过分了。与此同时，泪水夺眶而出，模糊了视线，也模糊了流之助的脸。

我这般蛮不讲理，流之助却似乎并未生气：“为什么一开始不阻止你？当然是因为我打心眼里喜欢你和小蛙的歌声了！”

流之助的话再次令我无言以对。他的目光牢牢地盯着我，强烈到令我不敢直视，只好又低下头，涩声说：“……别再称呼小蛙了，一切都结束了。”

我的话音刚落，流之助就一把捧住我的脑袋，强行迫使我扬起脸来，与他四目相对。

“不要轻易放弃。这种程度的打击，不会令一切都结束的。”

流之助的表情很认真，我却无论如何都无法相信他的话。被人得知雨宫蛙其实是个恶心的男人，偶像活动应该是无法继续了，我也不想再继续伤害别人了。要是从一开始就没当这个偶像，那该多好啊。这一次的想法，终于不再犹豫了。

我默默地拨开流之助的手，低下头去。流之助一言不发地俯视着我，过了半晌，他似乎也放弃了：“哦，是吗？好，那你就自己一个人决定结束好了。”

我不作声。流之助转身走出房间，脚步声直下楼梯，最终消失在了门外。房间里只剩下自客厅传来的电视声，还有窗外细微的蛙鸣，跟着又开始掺入另一种声音。我回过神来，才发现那是自己的哭泣声。

明早到来之前，这个世界毁灭就好了。我抱膝坐在床上，心里这般祈祷着。

沮丧

我想见她。

整晚，我都在半睡半醒的浅睡眠中徘徊，直到清晨悄然来临，才极其沮丧地彻底醒来。

睡眠不足，加上昨天傍晚到现在粒米未进，我的身体状态极差。纵然如此，仍没有丝毫食欲，空空的胃里如针刺般隐隐作痛。

可能是见我脸色太差，母亲很担心，一个劲儿地劝我请假去看医生，我则顽固地摇着头，坚持要去上学。在这种情况下，如果我请假不去上学，就相当于承认了论坛上所写的东西。

昨晚我几乎整宿没睡，一直在思考，最后决定了自己应该采取的态度。就算看过论坛的人来问我，我也会坚决表示这件事与自己无关，所谓的证据是伪造的，至于为什么有人要写那样的内容，我自己也不清楚。我已经预料到，无论怎样否认，大家都不会相信，但除此之外，我已别无选择。

尽管已经下定决心，但是直到时间快来不及了，我才慢吞吞地整装出了家门。在上学路上，只要一见到有人穿着我们学校的校服，我就会尽量把脸藏起来，仿佛所有人都已经知道雨宫蛙其实就是我。见到远处有人低声交谈，我也会觉得他们是在说我的坏话。

前方就是校门，我很想过而不入，直接跑得远远的，但终究没胆子这么做，只能迈着沉重的脚步走进校门。

从鞋柜里取出室内鞋换好，走上楼梯时，已经能够听见教室的方向传来乱哄哄的声音。也许得知雨宫蛙真实身份的人比我预想的还要多。我站在楼梯上做着深呼吸，让心情镇静下来，做好心理准备，才向教室走去。

我刚出现在教室门口，所有人的视线就“唰”地一下，齐齐聚集在我身上。原本乱哄哄的教室里骤然间变得鸦雀无声，气氛令人毛骨悚然。没人和我打招呼，似乎都在害怕跟我说话。

我避开大家的目光，匆匆走进教室，可是没走几步，就看见了黑板上潦草的字迹——

“雨宫蛙是三年级（一）班的花咲圭吾！”

那些字很大，几乎覆盖了整块黑板。我瞬间石化，又迅速回过神来。其他教室的黑板上怕是也写着同样的内容。反正迟早都会传遍整个校园，黑板上有没有这些东西已经无所谓了。

我尽力宽慰自己，将目光从黑板上移开，却远远发现我的课桌上乱七八糟地散落着什么东西。等我看清楚的一刹那，我的平常心终于彻底瓦解了。

散落在课桌上的是被掰碎的 CD，还有用刀划破的 CD 封面，上面画着绿发美少女，远远一眼就能看出。而且 CD 的残骸很多，不止一张，至少遮住了整个桌面。一大早就有这么多人把 CD 掰碎扔在我的课桌上，无疑是在宣称“我们讨厌你”。

我僵立在黑板前，一动也不能动。这时，坐在窗畔窃窃私语的女生中有一人大声问道：“喂，黑板上写的是真的吗？”

那女生皱着眉头，看我的目光好似在看什么脏东西一样。我回视过去，她就立刻低下了头。

我强作平静地涩声答道：“不是，我不是雨宫蛙。”

“可我昨天看论坛上的确写着——”

“我说不是！”我不由自主地发出怒吼。

糟了。我明知道不该喊的，怎么还是没忍住呢。

那女生被吓了一跳，浑身颤抖着闭上了嘴，但很快又冒出了其他人：“花咲，你就别死鸭子嘴硬了，证据已经确凿无疑了。”

一个平时话很少的男生冷笑着打开手机，放起被上传到论坛上的那段录音。我的身体突然不受控制地动了起来，扑向那个男生，企图夺下手机。

可是，就在我的手眼看就要碰到对方的时候，有人在背后拉住了我——是阿东。

“冷静点儿，小花。事到如今，已经无法蒙混过关了！你肯定是被流之助抓住弱点，被逼无奈才这么做的吧？那家伙太差劲了，明知道你不喜欢装成女孩子的。”阿东的语气斩钉截铁，肯定是不希望我的处境变得更糟才这么说的。

一旁的沼田也开口说道：“不过，就算花咲你是被逼的，那也很厉害啊。我到现在都无法相信，那个声音竟然是男人发出来的。你的唱功已经远远超出了高中生的水准，没想到你还身怀这样的绝技——”

“不是的。”我打断了沼田的话。

阿东拉住我的手顿时一松。我知道他俩是在帮我，也很感激，但无论如何，我都不能承认自己是雨宫蛙，仿佛一旦承认，雨宫蛙就会彻底消失。

“不是的，雨宫蛙并不是我。”我转过身，声音干涩得像是从喉咙里硬挤出来的。

然而我很清楚，无论如何否认，都没有人会相信我。

大家背着我低声议论起来，众多声音糅合交杂在一起，令教室里又乱成了一锅粥，我只能断断续续听见“恶心”、“难以置信”等字眼。各种目光汇聚在我身上，有人轻蔑，有人厌恶，有人目不转睛，有人面带冷笑。

不是的，不是的……我像念咒语般喃喃地重复着。不知不觉间，耳中像拉响警笛般鸣叫起来，周围的声音都听不见了，脑中一阵眩晕，就像蹲久后猛然起身时一样，感觉随时都要昏倒。

就在这时，一个熟悉的冰冷声音传入耳中，驱走了我的耳鸣。

“真是天大的误会啊。”

一听见那个声音，我就下意识地睁眼转身，只见水濑正站在门外，用一如平时的冰冷目光环视着瞬间变得鸦雀无声的教室。

她刚才说什么？误会？什么误会？

水濑不理会陷入混乱的我，面无表情、语气平静地对大家说：“他不是雨宫蛙，因为我才是。”

“什么……”我一下子更混乱了。

大家齐声惊呼，四下里又纷纷响起交头接耳声。水濑站在教室门外，漠不关心地看进来，就像站在动物园笼外观察动物一样，而且是已经看腻的动物。

我目不转睛地盯着水濑，可她自始至终没向我瞧来一眼。

“不可能吧，虽然我不知道你为什么要为花咲开脱。”一个女生说道。

她的语气与其说是怀疑，倒不如说是完全不信。

水濑眼珠转动，看向那个女生，嘴唇轻启，似乎是要回答她的问题。就在这时，水濑身后响起一个熟悉的声音——

“但她并没说谎。”

“流之助！”阿东失声喊道。

出现在走廊里的流之助与水濑并肩而立，像是偶像的经纪人一样，看着我笑道：“哎呀，对不住，小花。突然发生这种事，吓你一跳吧？我也是直到今早才发现这场骚乱的，所以都没时间给你家打电话告诉你。”

我惊讶得几乎就要脱口质问他了，可流之助丝毫不给我开口的时间，看着教室里的众人继续说道：“本来，小蛙的真实身份是要一直保密的，但如果这种无聊的谣言继续扩散，既会严重影响小蛙的形象，也会给小花带来很大的困扰，所以我才决定，由小蛙本人主动现身，澄清事实。对吧，小蛙。”

说完，流之助转身看向水濑。水濑对其完全无视，但也没有否认。

这时我才终于明白过来。水濑之所以突然声称自己是雨宫蛙，原来是受流之助所托。可是，流之助为什么偏偏要找水濑呢？

我能明显感觉到大家的疑惑。这很正常，因为唯一知道雨宫蛙真实身份的人已经明确宣称，水濑就是雨宫蛙。

“那，那这么说，雨宫蛙真的就是水濑吗！？可是，她们的声音完全不一样啊！”

“当然不一样，不然平时不就露馅了。”

“可是，昨天论坛上的爆料又是怎么回事？为什么会说花咲是雨宫蛙？”

这个问题又令我浑身一僵。他们打算怎么糊弄过去呢？我正暗自着急，就见流之助身心俱疲般地摇头说道：“啊，那个呀，那个胡编乱造的人是个二年级男生，名叫堀井，是个不懂规矩的粉丝。他好像是真的喜欢上了小蛙，先前就来烦过我好多次，要我安排他和小蛙见面。我不堪其扰，就说小蛙已经有男朋友了，见面也没用，结果他还不死心，非要我说出小蛙的男朋友是谁，我就随口说是小花。所以，那个爆料纯粹就是泄愤。”

“是这样吗？那你为什么偏偏要说是小花呢？”

“因为当时的气氛太恐怖了，我觉得如果说是我自己的话，当场就会被他杀掉。”

“那也不能说是小花啊，太过分了！”

流之助巧妙地躲开阿东的质问，紧跟着又有别人开始提问——

“这么说，那个证据难道是假的？”

“啊，小蛙的歌声应该是他偷取了我放在广播室里的音源，至于男人的说话声，老实说，那音频音质那么差，根本就听不出来是谁，应该是后期合成的。”

流之助一边回答，一边走到黑板前，拿起黑板擦：“所以说，我能理解你们气愤的心情，但这样做也是不好的。”

说完，他就一气擦掉了黑板上的字迹。

事态发展完全出乎意料，我只能呆立在原地，眼睁睁地看着流之助把黑板上的字迹擦得一干二净。随后我又看向水濑，她轻轻耸了耸肩，走进教室，就像终于完成了一个麻烦的任务。

有人仍不肯罢休：“既然水濑真是雨宫蛙，那现在就唱两句吧。”

“啊，我也想听我也想听！”

大家出于半怀疑半好奇的心态，纷纷要求水濑唱两句。我担心地望着水濑，她则面无表情地快步走到自己的座位，毫不在意地拒绝了众人的请求：“不好意思，我不想当着别人的面唱歌。”

众人仍不放弃：“别这么说嘛，稍微唱两句就行。”

“哈哈，各位不要强人所难嘛。她之所以同意参加这次活动，条件就是不能当着别人的面唱歌。”

连流之助都这样说了，却依然没什么效果。然而，水濑对周遭的声音根本不加理会，一坐下来，就像平时一样开始看书。而且，此刻从她身上散发出来的那股生人勿近的气息，似乎比平时更浓重了。

大家要求水濑唱歌无果，又纷纷围住流之助，你一言我一语，乱哄哄地追问他刚才所说的话是不是真的。流之助流利地编造出连我都被骗过的完美理由，一一回答着众人的问题。

我斜眼看着流之助，向自己的座位走去，同时飞快地向水濑瞥了一眼，见她正注视着手里的书，从脸上看不出任何表情。

然而，水濑是知道雨宫蛙的真实身份的，她现在会怎么看我，答案再明显不过了。肯定是连见都不想见到我了吧，所以自始至终都不曾瞧我一眼。

我早就知道，一旦真实身份暴露，我和水濑的关系就完了。所以悲伤也好，痛苦也罢，本应该在昨天就已化作虚无的。

然而此刻，心脏又一次如同被揉碎般，我一下子趴在课桌上，死死忍耐着这波痛苦。

事后，我在教室里通过大家的小声谈论得知，在引发骚乱的那个论坛上，有人以堀井的实名发表了一篇文章，承认昨天的爆料是编造的。有人甚至去了二年级的教室，打算直接找堀井问个明白，但据说他因感冒而请假了。肯定是流之助为了守住雨宫蛙的秘密，暗中采取了措施。

即便如此，大家对我的怀疑仍未彻底消除。虽然不会有人再当面质问我了，但我还是能经常发现大家在交谈时向我投来的闪躲目光，还有不动声色避开我的态度。

不过，与笼罩在水濑身边的气氛比起来，这些根本不算什么。雨宫蛙的粉丝数量应该是相当多的，但当大家知道水濑就是雨宫蛙以后，却没有人跑来跟她搭话，也没有人称赞她的歌声。相反，水濑受到的大多是来自女生的造谣中伤。

有人说她拒绝唱歌的态度令人不爽，有人鄙视她只有在广播里才会装可爱，甚至有人当着水濑的面大声说这些话，故意让她听见。

水濑本来就被其他女生所讨厌，如今被人知道是大受欢迎的校园偶像，那些嫉妒的女生采取如此恶劣的态度，是再正常不过的事了。

这些事流之助应该能够预见，但他为何还要选择水濑呢？我问过流之助，但他有意避而不答。

我明白，既然不能置水濑于不顾，那么在责备流之助之前，我应该先告诉大家，我才是真正的雨宫蛙。只要我用雨宫蛙的声音唱两句，就能立刻消除大家对水濑的误会。可我明明知道，却无法做到，我真是一个胆小鬼。

不过，在这种情况下，水濑依然保持着平时的态度。所以到了下午，我也稍微松了口气。

我也想过，水濑本来就对别人漠不关心，无论是什么样的中伤和挑衅，她可能都不会放在心上。也许流之助正是因为明白这一点，才会拜托水濑的。

然而我很清楚，这是不可能的。水濑表面上的冷漠其实是装出来的，她摘下面具后并不是这样的。但我想不明白，她怎么就能若无其事地承受这一切呢？

第二天，水濑没来上学。

◇

当晚，流之助给我家打来了电话。我从母亲手中接过听筒，刚放在耳边，就听见流之助不悦的声音：“你这个笨蛋，究竟要到什么时候才肯联系我啊。”

刚才听说是流之助打来电话时，我都不知道该用怎样的语气和他交谈，但他第一句话就打消了我的疑虑。

我故作狡猾地答道：“什么呀，明明是你在躲着我，我想联系也联系不上啊。”

“哈，所以说你是个笨蛋，如果被人发现咱俩私下交谈，肯定又要惹来怀疑，所以我才故意避开你，你竟然不明白？”

我当然明白，但之所以不给流之助打电话，是因为我觉得，如果和流之助交谈，自己说不定又会像上次一样，说出过分的话，很可能忍不住责怪他为什么自己置身事外，却把责任都推给水濑一个人。

我沉默着，生怕出口伤人，流之助继续说道：“明天的广播你打算怎么办？歌曲的音源还没给我，谈话部分的内容也需要商量。虽然推迟到其他时间也可以，但最好还是能快刀斩乱麻。”

“你，你在胡言乱语什么呢！广播不是铁定结束了吗！？”我下意识地打断了流之助。

流之助很讶异：“你才胡言乱语呢。好不容易由水濑出面，保住了小蛙的秘密，难道你想让这一切努力白白浪费吗？”

当流之助说出水濑名字的一刹那，我再也控制不住自己的情绪了。唉，结果还是免不了啊。我明知如此，仍忍不住冲听筒大喊：“别光说好听的了！难道不是你把水濑卷进来的吗！？水濑本来就被女生讨厌，如果再说自己是雨宫蛙，肯定会变成如今的局面。这些事情你应该早就知道，为什么还要拜托水濑这样做！？”

厨房里的母亲不知道发生了什么事，诧异地看着我，我顿时回过神来，紧紧闭上了嘴。这些话本来没打算说出来，因为我很清楚，流之助之所以拜托水濑出面，自然是为了我和雨宫蛙好。

听筒对面的流之助一言不发，我后悔得浑身发热，正要尽力从喉咙里挤出道歉的话，就听流之助叹道：“你啊，后来和水濑谈过吗？”

“……没有。我不知道该说什么。”

该说什么呢？对不起，让你因我而受苦了？对不起，一直没对你说实话？对不起，之前问了不该问的问题？

无论我说什么，水濑肯定都会面无表情地回答“哦”或“没关系”，然后交谈结束。水濑当时的声音和表情至今仍无比清晰地刻印在我的脑海里，我知道必须向她郑重道歉，却又害怕见到她的反应，所以一直不敢给她打电话。

我低着头一言不发，流之助说道：“我知道，你肯定以为是我强行拜托水濑出面的，但其实不是那样的。”

啊？我不禁轻声惊呼。我不明白，如果不是流之助拜托的话，难道是……

“是水濑主动来找我的。就在前天，我离开你家不久，她就给我打电话说，从论坛知道了你就是雨宫蛙，所以想由自己出面顶替，这样或许就能守住这个秘密。”

听完这番话，我顿时握着听筒，一动不动地僵立原地，甚至忘了呼吸。是水濑主动提出顶替的？

“她为什么要这样做……”

“你要是想知道原因，就直接去问她本人吧。不过，她以前可从没给我打过电话，别说是电话了，无论我怎样跟她搭话，她都没认真答应过。就是这样的她，一看见论坛上的东西，就立刻联系我了，由此可见她为这件事有多拼命了。”

流之助的话我只听清楚了一半，但最开始的那句话“你要是想知道原因，就直接去问她本人吧。”还清晰地回荡在耳边。

我看向贴在墙上的联系人名单，那上面就有水濑家的电话号码。可是，打电话不行。如果在电话里说，水濑的反应肯定会像我先前预想的那样。我要去见水濑，就算她态度冰冷，就算我的出现会再次伤害到她，我也要当面向她道歉，和她说清楚。

我想见她。

“小花，你知道水濑家在哪儿吗？”

“啊，嗯，大概知道。”

我回想起前阵子和水濑姐姐交谈时的情景。当时，水濑的姐姐指着一幢去年刚建成的公寓楼说，“偶家就在那儿”。

“哦，我还以为你不知道，打算把水濑的手机号码告诉你呢。那你快去吧。”

“可，可是，现在都这么晚了……”

“才 9 点而已。算了，接下来该怎么做，由你自己决定吧。总之别忘了明天的广播，你要是有什么决定，这次一定要立刻联系我。”

说完，流之助似乎就要挂断电话，我连忙说：“流之助，谢谢你。还有，对不起。”

“哈哈，说得好。对于我这样能干的制作人，你是该好好感谢才对！那就祝你顺利了。”说完，流之助挂断了电话。

我放下听筒，又下意识地向联系人名单上的水濑家的电话号码瞥了一眼，但很快就做出了决定。

趁父母不注意，我偷偷溜出家门，沿着夜色笼罩的街道，朝水濑家所在的公寓楼飞奔而去。

明晰真心

我凝望着水濑的脸，说不出话来。

在看见那微笑的一瞬间，我不禁心想——啊，我是真的喜欢水濑。

此时此刻，我终于明白了这一点。

在流之助的鼓励下，我溜出家门，跑到水濑家的公寓楼下，就一筹莫展了。

那幢公寓楼配有防盗设施，禁止无关人员入内。如果有事，只能通过门口的内部对讲机联系楼里的住户，由住户从里面开门，才能进入。可现在已是深夜，一个男人突然造访女孩家，怎么看都很不正常，所以我好半天都没勇气按下对讲机的通话键。我也想过站在楼外大声呼喊水濑的名字，但那样一来，露面的可未必就是水濑了。

老实说，我并没想过来了之后该怎么办。一边绕着公寓楼转圈，我一边绞尽脑汁，与其在这里一筹莫展，或许不如先回家，朝流之助要来水濑的手机号码。

就在我仰望着公寓楼束手无策的时候，突然有一阵无比熟悉的歌声传入耳中。

我被那歌声吓了一跳。没错，那是我的声音，是雨宫蛙的声音。

我下意识地寻找歌声的源头，同时回想起水濑姐姐说过的话。据她所说，直到现在，水濑每天还会听雨宫蛙的 CD。说不定，这阵歌声正是从水濑的房间里传出来的。

我查看楼门口的邮箱，得知水濑家的房间位于三楼，而歌声大概也是从那个楼层传过来的。我想确认一下，但是视线被阳台遮挡，根本看不见房间里的情形。

不管三七二十一了，就在这里喊水濑试试吧。我刚要大声呼喊，突然灵机一动，急忙闭上了嘴。接着，我确认周围无人之后，通过发声练习调整喉头，然后用雨宫蛙的声音配合 CD 唱了起来。

我的歌声和 CD 里的歌声交叠融合，回荡在夜空下。我祈祷水濑能够注意到我的歌声。就在歌曲刚刚进入副歌时，水濑终于出现在了阳台上。

“花咲君！”

水濑从高处往下看，很快就发现了我。我瞬间又胆怯了，迟疑着朝水濑举了举手。

水濑却飞快地回屋了，跟着就用力关上了窗户，连开口讲话的机会都没给我。

我的手刚举到一半，就那么僵立着，木然地听着关窗的声音。我没想到，水濑的拒绝会如此干脆。本来听了流之助的话，我还松了口气，可正因如此，此刻反而倍受打击。不过冷静想想，水濑拒绝见我是再正常不过的事了。

水濑的反应令我彻底陷入沮丧，一时间连离开的力气都没了。在此期间，水濑房间的窗户始终没有再打开的迹象，CD 的声音也消失了。

我垂头丧气地呆立了许久，连叹息都发不出来。

没办法了。既然水濑不愿见我，我杵在这里也没什么意义，还是回家想想其他道歉的办法吧。

我转身刚要迈出沉重的脚步，身后突然传来一个声音："等等！"

那一瞬间，我的心脏仿佛停止了跳动，转身看去，只见水濑身穿校服，正站在楼门口。接着，她微微低着头，向早已惊呆不能动弹的我走了过来。

"对不起，我刚才在换衣服。"水濑来到我面前停下了脚步。

也许她是从房间一直跑过来的，此刻还在轻喘，但声音仍像平时一样冷淡，脸上同样毫无表情。

水濑的长发湿漉漉的，散发着轻柔的花香。我嗅着香味，终于回过神来，忙说："你，你不用道歉，我这么晚突然来找你，才应该道歉的。你现在出来不要紧吗？"

"不要紧，现在只有姐姐在家。"水濑平静地答道。

不是老姐，而是姐姐。就算知道我是雨宫蛙，水濑也不会像那晚一样摘下面具了。我真不该对此还抱有哪怕一丁点儿的期待。

我边寻找话题边说："我这次来是想着必须向你道歉。你是因为我才出面顶替雨宫蛙的，才会被其他女生造谣中伤，我真的——"

"没关系，我和她们本来就不熟。"水濑淡淡地打断了我的道歉。

水濑也许是想说，因为本来就不熟，所以即使被她们讨厌，即使被她们说坏话，也不会觉得难过。可如果真是这样，她今天就不会请假了。

“我今天没去上学，是因为身体突然不太舒服，现在已经好了。”水濑似乎又洞察了我的想法，“而且，那件事是我自作主张，你没必要道歉的。”

“可是，我还有其他事情想向你——”

“咱们边走边说吧。”

我话未说完，水濑突然打断了我，接着也不待我回答，就从我身旁走了过去。我道歉连番受挫，不由得呆住了，片刻后才回过神来，连忙追向水濑。

我跟在水濑身后，很快就来到了熟悉的上学路上。沿着这条寂静无声的道路，水濑朝学校的方向走去。在街灯的映照下，她那还湿漉漉的头发闪闪发亮。

我凝望着水濑长发摇摆的背影，正在寻找搭话的契机，水濑突然说道：“你先前不是很想知道我为什么要模仿冰川冻子吗？”

我顿时吓了一跳，怕她还在因为那件事生我的气，急忙不安地说：“不好意思，我当时不该问——”

不等我说完，水濑就再次打断了我的道歉：“有段时间，我在以前的学校里一直被人欺负。”

这句话来得过于突然，我不由自主地停下了脚步。水濑却好似毫无觉察，继续向前走去。我连忙追上去，充满困惑地问：“被人欺负？为什么……”

“谁知道呢，也许是因为我的爱好很古怪吧，反正经常听人这么说。其实不管实际理由是什么，又有什么区别呢。”

说出这番话的时候，水濑的语气毫无变化，我却因为过于震惊，不知该如何回应。

背对着我的水濑似乎有所察觉，轻轻耸了耸肩：“还好不是太过分，也就是故意不理睬我，背后说我坏话，还有在我的课桌上乱涂乱画，等等。她们肯定也是出于半游戏的心态，没到一个月，就把目标换成别人了。”

水濑之所以刻意补充这些话，或许是不想让我担心。可是，我根本没法不为她担心。

接着，水濑又像在交代别人的事情一样，语气平静地说道：“可是，在欺负我的那些人里，有几个人从小学时就和我关系很好，这令我特别难过。等到对我的欺负结束之后，那几个人又若无其事地和我亲近起来。为了避免再被欺负，我表面上尽力和她们恢复关系，但实际上，我觉得再也无法像以前一样成为朋友了。”

我跟在水濑身后几步远的位置，默默地听她说话。水濑的脚步声很有规律，她的语气也始终很平淡。

水濑继续说道：“虽然我努力恢复关系，但渐渐地，我越来越怕见到她们，后来甚至发展到不敢上学。因为我怕就算暂时恢复友好，不知道什么时候又会被背叛，所以心情十分糟糕，不知道该怎样对待她们。我当时就想，既然如此，倒不如从一开始就不要什么亲密的朋友。”

“……所以你才会采取那种冰冷的态度？在新学校里，从一开始就不想交朋友。”我忍不住从水濑身后说道。

“我很蠢吧？”水濑头也不回，只是耸了耸肩，“那部动画片——《微笑在琥珀街头》恰好是在我决定转校时播放的。我在里面看见了冰川冻子这个人物，她没有一个朋友，但从未露出过悲伤或痛苦的神情。我想变得和她一样强大，就照着她的发型做了头发，戴上了和她一样的眼镜，尽管我的视力很正常。还有她的言谈举止，我都尽力模仿。我以为，只要能彻底变成她的样子，我的内心就能变得和她一样强大。”

跟着，水濑又喃喃地说：“我可真是蠢啊。”

不知不觉间，周围响起了蛙叫声。我向声音传来的方向望去，原来是上学路上那个熟悉的公园。夜里的公园悄无一人，只有蛙叫声在其中回荡。

水濑的声音再次响起，唤回我的视线：“这就是我模仿冰川冻子的理由。所以，除了家人之外，我本来是绝对不会在任何人面前摘下面具的，可是——”

说到这里，水濑停了下来。我也在她身后站定，凝望着她的背影。

“可是，这些事都被你知道了，我再装下去也没用了。”

轻声说完，水濑灵活地转过身，裙裾随风飘舞。

我瞬间止住了呼吸。水濑此刻的声音，正是我在修学旅行那晚听见的声音，是我一直都想再听一次的水濑真正的声音。

然而，就在我看清水濑表情的同时，刚刚涌起的喜悦一下子变成了困惑。因为水濑脸上正浮现着勉强挤出的笑容，仿佛轻轻戳她一下，就会立刻哭出声来。

“水濑……？”

“啊，太好了！终于能正常说话了！”

水濑的声音显得轻松愉快，和几秒钟之前简直判若两人。不过，这声音也和她的笑容一样，明显透露出勉强和紧张。

望着水濑僵硬的笑容，我心想，也许对水濑来说，在放弃扮演动画角色的前提下跟人讲话，是需要很大勇气的。她之所以走出这么远，也许一路上都在寻找勇气。

我不知该说些什么，水濑低头说道：“花咲君，对不起。一直都是你主动找我说话，为我担心，我却一直都是那样恶劣的态度……”

“不。要是这么说，我更应该向你道歉才对！我一直没告诉你我就是雨宫蛙，对不起。”我避开水濑的目光，小心翼翼地又问，“雨宫蛙竟然是个男人，让你觉得很幻灭吧？”

水濑笑着摇头，轻快地说：“要是觉得幻灭，我就不会主动出面顶替了。”

我松了口气，再次望向水濑，她继续用轻快的声音说道：“其实我很早就怀疑过，因为我也听说过两声类，而且也几乎从没见你和女生交谈过。所以，我知道雨宫就是你以后，也没觉得太惊讶。”

“……知道我装成女孩的样子，你不觉得恶心吗？”

“不觉得，反而很羡慕呢。”

“羡慕？”我不解地反问。

水濑静静地点了点头：“修学旅行那晚你曾说过，只有用这样的声音歌唱时，你才觉得能成为理想中的自己。可是我无论如何模仿，都变不成冰川冻子。哪怕只有在唱歌时才能成为理想中的自己，我也很羡慕这样的雨宫——花咲君。所以，我希望你今后能继续做雨宫蛙，继续做理想中的自己。我之所以向佐佐木君提出顶替，虽然也是因为我想今后还能听见雨宫蛙的歌声，但最重要的理由则是这个。”

说到最后，水濑的语气变得无比郑重。

我凝望着水濑的脸，说不出话来。在街灯的映照下，她的脸颊上似乎浮现出一团红晕。

水濑望向公园，若有所思地轻声说：“那晚青蛙也在叫呢。”

“是啊。”

我也望向黑黢黢的公园，不知不觉间，剧烈的心跳就与蛙叫声重叠起来。

水濑突然说道：“花咲君，你还能再答应我一个请求吗？”

我转头不解地看着水濑，她直视着我说道：“我希望你能唱歌给我听，就在这里，现在。”

“欸？为……为什么突然要我唱歌？”

“我想好好听你现场唱一次，之前你没唱完就被我打断了。”

“可是……”我迟疑着，不知该如何答复。

用女声唱歌的样子，连我自己看了都觉得恶心。我不想让水濑见到那副模样。

水濑似乎知道我在想什么：“就算见到你唱歌的样子，我也不会觉得恶心的。我喜欢你的歌声，而且——”

水濑神情郑重地说到这里，就住口不言了。她突然低下头，又迅速抬起头，直直地凝视着我的眼睛。

我被水濑的这番话和她的目光打动了。水濑说了，不会觉得恶心。我要相信她的话，我要相信她真挚的目光。

“好吧，稍等一下……”我拙笨地答道。

水濑的表情立刻变得开朗起来。

走进无人的公园，水濑在长椅上坐下，我站在她面前，身后的街灯仿佛成了舞台上的聚光灯。这是只为水濑一人举行的演唱会。

心跳越来越剧烈，我尽力倾听着周围的蛙叫声，借以缓解紧张，同时问水濑：“你有想点的歌吗？”

“就唱《猫的公交站》吧。”

这是水濑最喜欢的歌，也是我最喜欢的歌。我点点头，做了个长长的深呼吸。这是我头一次当着别人的面用这个声音唱歌，没想到竟会如此紧张。不，之所以紧张，肯定是因为听者是水濑的缘故。

因为我想看见你的笑颜。

我不敢看水濑的反应，轻轻闭上双眼，像往常一样开始发声练习，调整喉头，然后唱出那首熟悉的歌。

我的歌声在黑暗中回响，起初听起来很紧张，但随着歌词的句句推进，歌声就自然而然地变得跟平时一样了。尽管心跳并未减速，但不可思议的是，我竟然没感到羞耻。

唱到一半，我睁开眼，只见水濑就像听广播时一样，脸上带着温柔的微笑。在看见那微笑的一瞬间，我不禁心想——啊，我是真的喜欢水濑。

我如今仍然希望变成女孩子，甚至不清楚自己是否想成为水濑的男朋友。不过，我喜欢水濑的这种心情，绝对不是错觉。此时此刻，我终于明白了这一点。

我喜欢的声音，让我喜欢的人露出了笑颜。这种喜悦简直无法想象。随着飘扬的歌声，眼泪似乎也要夺眶而出，被我拼命忍住。要是能一直看着水濑的笑颜唱歌，那该多好啊。

可是，一首歌很快就唱完了，在歌曲结束的同时，水濑用力拍手说道：“谢谢。花咲君的歌声实在太棒了。哇啊，我真奢侈，独享了雨宫蛙的歌声。”

我顿时羞红了脸，不过很快就恢复正常，对欢呼雀跃的水濑轻声说：“嗯，明天广播的时候，我还是告诉大家我才是雨宫蛙吧。”

水濑的表情瞬间由欢笑变成了不安。

我知道水濑想要守护我，甚至不顾自身，但无论如何，我都不想继续欺骗大家了。而且，如果我不说出事实真相，水濑就会继续蒙受不白之冤。

如果没有今晚同水濑的这番谈话，我恐怕还无法下定这样的决心，而现在我觉得，就算一直隐瞒的秘密被人知道，我也要为雨宫蛙的真实身份正名，就算整个学校的人都以白眼相对，我也一定不会气馁颓丧，因为有人懂我。

我见水濑表情很为难，就安慰她说："但我不会放弃继续唱歌的。也许不能在校内广播里唱了，但我可以向视频网站投稿。我喜欢用这个声音唱歌，而且，我希望今后也能用这样的歌声让你露出笑颜。"

因为我想看见你的笑颜。

水濑被我的话吓了一跳，脸色绯红地低下头，又轻轻点了点头。

见她这般反应，我情不自禁地说："我一直都在想，要是还能像修学旅行那晚一样和你交谈就好了。所以，还能和你说话真是太好了。"

"……嗯，能和花咲君聊天，我也很开心。"

后来，我和水濑只是默默地凝望着对方，都没再说话。

满公园的蛙叫声，此刻听来竟是那样温柔。

面对

我必须唱歌。

嗯，我想唱歌，

我希望自己感谢的心意能够乘着歌声，

传达给为我鼓掌的人。

第二天，第四个时段的课程一结束，我就马上托阿东跟老师请假，谎称身体不舒服去了保健室，然后飞快地冲出了教室。

跑到二楼的广播室前，我用朝流之助借来的钥匙打开门。今天是个大晴天，也许是门关久了的缘故，广播室里格外闷热。我径直走到正面的窗户前，开窗通风，随后坐在广播器材前的椅子上，喘了口气。

敞开的窗外，是梅雨过后的广袤蓝天。我把身体整个儿靠在椅背上，压得椅子咯吱作响，出神地眺望着那片蔚蓝的天空。

过了片刻，我才猛然回过神来，转动椅子，面朝广播器材，准备做正式播放前的预演。我用右手握住面前的麦克风，开始发声练习，调整喉头的紧度，直至像平时一样发出雨宫蛙的声音，接着凑近没通电的麦克风说："大家下午好，我是雨宫蛙。"

也许，今天是最后一次说出这句开场白了。

这样做真的好吗？我重新靠在椅背上，闭上双眼，再次确认了一遍。还是得这样做。

过了一会儿，迅速吃完饭的流之助走了进来。他的到来说明时间到了。在等待的这段时间里，我的心情一直很平静，然而到了此时此刻，仍然不可避免地感到紧张。

我站起身，把椅子让给流之助，他却没有立刻坐下去，而是站在我面前说：“你真的要这样做吗？就算你什么也不说，也不会出问题的。”

“……嗯，我还是不想一直瞒下去。”我低着头说，“对不起，你好不容易才把事情瞒下来，我却要叫你的这番辛苦白白浪费了。”

“说这些干啥，你不用在意，就按自己喜欢的方式去做吧。还有，我并不认为事态已经无可挽回。”流之助笑呵呵地说道。

听他这么说，我暂时放下心来，但很快就产生了别的疑问：“欸？今天的广播就我一个人吗？”

“不，是我告诉渚学弟今天不用来的。你也不愿见他受牵连吧。”

受牵连？我皱起眉头，正要问他是怎么回事，流之助却说：“时间快到了，准备好了吗？小花。”

我闭上刚要张开的嘴，用力点了点头。流之助一屁股坐在椅子上，耍帅般地接通器材的电源，咳嗽一声，又调大音量，对着麦克风说道：“正在用餐的各位，大家好，我是广播委员会的委员长佐佐木流之助。以前每周三的这个时间，我们都会为大家送上雨宫蛙的歌声，但是今天，她有话要对大家说。以前的广播都是录音，而今天，她本人已经来到了广播室。因此，希望大家能够安静认真地听她讲话。那么接下来，有请雨宫蛙。”

流之助将麦克风的音量调至最低，起身举手朝我示意。我点点头，做了个长长的深呼吸，在麦克风前坐了下来。流之助从旁边伸手将音量调高，我握着麦克风，再次静静地深吸了口气，才用雨宫蛙的声音说："大家下午好，我是雨宫蛙。今天有件事想告诉大家，占用大家一些时间。"

我拼命叫自己镇定，声音却在颤抖。一想到大家在教室里听见广播的反应，我就更觉得害怕。不过，我已经无法回头了。

"星期一早晨，大家在教室里想必都见到了，黑板上写着我的真实身份。可能很多人都被吓了一跳吧？而且在那之前，应该也有不少人已经通过论坛知道这件事了。"

一想到接下来要说的话，我就觉得用雨宫蛙的声音很不舒服。本来我是打算用真实声音来进行广播的，但流之助提出的唯一条件就是——必须使用雨宫蛙的声音。

"多亏流之助的及时应对，我的真实身份才被瞒了下来。但是，我总不能就一直这样瞒下去。"

我下意识地用力握紧麦克风，喉咙感到一阵窒息，似乎是在拒绝接下来要说的话，但我还是静静地说了出来："那么我要说了，我的确是男的。"

我，雨宫蛙的坦白，是在教室里掀起一片惊呼声呢，还是只换来大家不出所料的冷淡反应？在广播开始前，广播室已经关紧门窗隔音，所以在屋里并不知道外面的情形。

“一直隐瞒了这件事，对不起。我知道，就算我说本来没想欺骗大家也没用。只是，我确实很喜欢用这个声音唱歌，听到大家的称赞也很开心。而且，只有在用这个声音歌唱时，我才觉得能成为真正的自己，所以我明知道这个谎言可能会伤害别人，也一直故意视而不见。对那些知道真相后受到伤害的人，我要发自内心地说声抱歉。”

真的对不起。尽管正在听广播的人看不见，我还是在麦克风前深深地低下了头。

接着，我用略微开朗的语气继续说道：“因此，今天是我的声音最后一次出现在校内广播里，但这并不意味着我开始讨厌用这个声音唱歌了。所以，我今后还会继续唱下去。我打算往视频网站投稿，如果有人还愿意听，就请——”

刚说到这里，流之助突然从我手中抢走了麦克风。下意识间，我差点就要用真实声音问流之助干什么，可是流之助一把捂住了我的嘴，用饱含热情的语气对着麦克风说道：“虽然他本人这样说，但是各位，你们真的希望就这样结束吗！？你们此前究竟是被雨宫蛙的什么魅力所吸引的？难道得知她是男人后，这种魅力就凭空消失了吗！？各位，希望从本周以后还能继续在广播里听见雨宫蛙歌声的人，请献出你们的掌声吧！”

流之助煽动完全校学生的热情，就关掉了麦克风的音量。

“流，流之助，你知道自己在说什么吗！”我不由自主地失声大喊。

流之助却并不理我，而是打开了广播室所有的窗户。

怎么可能呢。不可能有人鼓掌的。我坐在椅子上，木然地望着流之助的背影。流之助则凝视窗外，如同一个站在沙漠中央等待降雨的旅人。

早已麻木的我正想告诉流之助，无论等多久都不会有人鼓掌的，但就在这时——

本来不该听见的声音，却传入我的耳中。

我怀疑自己的耳朵是不是出了毛病，但那绝不是幻听。那声音起初还很稀疏，但逐渐就变得越来越大。

除了鼓掌，我还听见了呼唤返场的大喊声，还有齐齐用脚踏地的响声。当然，并不是校内的所有学生都接受了雨宫蛙的真实身份，但那掌声渐渐响至声动如雷，震动着丝毫不能动弹的我的耳膜，甚至令我怀疑是不是产生了错觉。

“怎么样！你看！”流之助像完成了丰功伟业一般，兴奋地转身说道。

我哑然地望着他，颤声说：“为什么……他们明明已经知道雨宫蛙是男的了……”

“哈，打个比方吧。你喜欢动画片里的某个角色，如果发现为那个角色配音的声优长得很丑，难道你就会连同那个角色也一起嫌弃吗？无论雨宫蛙的真实身份是美人也罢，丑女也罢，女人也罢，男人也罢，只要歌声好听就行。这样想的人可不在少数呢，你这个笨蛋！”流之助昂然自得地对木然的我笑道，“快，赶紧回应大家的热情啊。”

“啊？什么意思……”我刚疑惑地问出口，就立刻明白过来，“难道，你是要我现场演唱！？”

“你这家伙太迟钝了。事到如今还没明白吗？赶快过去，我早上都准备好了。”流之助理所当然地指了指通向隔壁房间的门。

广播室的隔壁是录音室。我顺着流之助的手指转头望去，马上又回过头来，重新望向流之助，只见他不知从哪里掏出早已准备好的笔记本电脑，启动之后，屏幕上显示出装满音频的文件夹。

“选哪首歌？以前广播过的歌曲音源我都准备好了。”

“不行不行，真的不行。太突然了，我才刚起床，肯定唱不了高音，而且连午饭都没吃呢……”我惊慌失措地脱口说道。

然而话未说完，我就闭口沉默了。

响彻整个学校的鼓掌声仍在持续。既然接受了如此热烈的掌声，我就不能不作出回应。

我必须唱歌。嗯，我想唱歌，我希望自己感谢的心意能够乘着歌声，传达给为我鼓掌的人。

我目不转睛地望着流之助，他似乎察觉到了我的决心，微微一笑，模仿以前某部动画片的台词说道：“要唱趁早，不唱走好。”

我用力点了点头，走向隔壁房间。

身后的流之助问道：“唱哪首歌？”

“《猫的公交站》。”

这是水濑最喜欢的歌。我下意识地说出了这首歌的名字。

这还是我头一次进录音室，恐怕全校大部分学生都没来过吧。房间角落里散乱地堆放着拍摄用的灯具和相机，中央放着一架立式麦克风。我站在麦克风前，又做了一次发声练习，接着用颤抖的手紧紧握住了麦克风。

“谢谢大家热烈的掌声。为了回应大家的返场要求，接下来将会现场奉上雨宫蛙的歌声。”

透过录音室和广播室之间的玻璃窗，只见流之助对着麦克风说完，冲我打了个手势，我立刻也对着麦克风说：“谢谢大家捧场。有了大家为我鼓掌，我今后还能继续当雨宫蛙。那么，我要唱的歌就是——《猫的公交站》。”

喇叭里响起轻快的前奏。我静静地闭上眼，怀着满心的感激之情，用雨宫蛙的声音开始歌唱。

一曲终了，我怀着轻飘飘的心情走出录音室，却立刻听见一阵狂暴的敲门声和粗犷的怒吼声。

“快开门！给我出来！你们把校内广播当成什么了！”从走廊传来的这个声音的主人，恐怕就是教体育的土田老师。

看来校内广播果然不允许播放未经许可的现场演唱。我刚才也只是趁着一股热血顺势而为，冷静下来想想，这样做自然是违规的。

没办法了，直接出去挨骂吧。满心的兴奋尚未冷却下来，我就不得不叹了口气。

流之助走到我面前，指着窗户说道："小花，趁土田还没破门而入，你快点从窗户开溜吧。为了应付这种局面，我早就准备好逃跑用的绳梯了。"

我一边琢磨他是从哪里弄来的绳梯，一边摇着头说："不用了。反倒是因为我，连你也要跟着挨骂了，对不起。"

"别说这种无聊的话了，快跑吧。你要是不走，门外那人只会越来越生气，说教的时间也会延长的。"流之助一脸嫌麻烦的样子。

实际上，走廊里的怒吼声确实越来越有暴走的趋势。

"所以我也要……"

"哎呀，你没听见我刚才说的话吗？现在门外肯定围满了看热闹的人，你身为神秘偶像，可不能被人看见。快走，这是制作人的命令。"

流之助神色郑重地说完，突然呲着白牙笑了。

"流之助……"

"虽然是第一次听你现场演唱，你的歌声果然是最棒的。下周也请多多关照，小蛙。"

说着，流之助把手搭在我肩头，推着我向窗户走去。我踉踉跄跄地走到窗前，转身望着流之助，装作没发现自己湿热的眼角和颤抖的声音，故意打趣般地答道：“明白！制作人！”

流之助早已转过身去，背对着我挥了挥手。

◇

当流之助在广播里煽动大家鼓掌时，水濑是我们班教室里带头鼓掌的人。

这是当我顺利溜出广播室，偷偷回到教室后，阿东告诉我的。据说，冰山公主当时这番不可思议的举动，使得整个教室瞬间变得落针可闻。

我听完又觉得心头一阵火热，迫不及待地想立刻对水濑说声谢谢。可是，水濑今天仍在面无表情地看书，我觉得还是等到值班时再道谢好了。

所以，我真的很想等扫除一结束，就直接去图书室找水濑聊天，但在此之前，有个人我必须见一见。

放学后，我在二年级的鞋柜前找到了那人，就欺骗一事重新向他道歉。我紧闭双眼，弯腰鞠躬，然后忐忑不安地抬起头，见堀井仍然脸色不悦，看都不打算看我一眼。

“就算如此，我也不打算为揭穿你身份的事而道歉。”

“……嗯，没关系，是我自作自受。”

堀井哼了一声：“你今后还打算继续当雨宫蛙？”

“如果可以的话，是的。如果有太多人抱怨，恐怕就不行了。”

“是吗？”

堀井只是应了一声，就换上鞋子，转身走了。

果然还是无法轻易原谅我啊。我默默地目送着堀井的背影，却见他走到大门前停了下来，头也不回地说道：“我并不打算原谅花咲前辈，但我现在依然喜欢雨宫蛙的歌声，所以今后会继续支持你的。”

堀井出人意料的话，令我愕然无语，而他说完这番话，就快步离去了。

望着堀井远去的身影，我喊了声谢谢，但他并未回头，径直消失在了校门外。

心跳的悸动

青蛙的歌声，
既是向同伴宣示地盘，
也是对降雨表示喜悦，
同时，
还宣告着恋爱季节的到来……

第一学期最后一次课外活动结束后，我和流之助以及在修学旅行中同组的其他成员，开始商量下午去唱卡拉 OK 的计划。

“那就吃过午饭后，一点半在店门口集合。谁有问题？”

“唱多久？两个小时还是三个小时？”

“咱们五个人，两个小时根本不够唱，还是三个小时吧。”

“我还有问题。咱们要是装成小学生，是不是花儿童价就能进去了？”

“能进去个屁。”阿东刚问完，就有人吐槽。

“可是这样好吗？咱们毕竟也算是应考生，暑假前一天就来唱卡拉 OK？”

“啥？啥？小花刚才说啥？听不见啊。”阿东堵住两耳，装作听不见。

流之助语气轻快地说道：“哈哈，没问题，那句格言就是为了这种情况而存在的。津岛！”

“子曰，明天再加油。”

沼田无奈地摇着头，我也苦笑着叹了口气。

自从那天公布雨宫蛙的真实身份之后，已经过了一个月。雨宫蛙的广播如今仍在照常播放。

并非所有人都接受了雨宫蛙的真实身份。刚表明真实身份那会儿，我经常能感受到充满厌恶和非难的目光，也有很多次遭遇当面挑衅，班里的部分女生至今仍小心翼翼地跟我保持着距离，我知道她们觉得我很恶心。

不过，我和好朋友的关系还像以前一样，广播室也能经常收到粉丝来信，虽然比起以前少了许多。而且，点歌也从没中断过。所以，我已经不会像以前那样，苦恼着要不要放弃当偶像了。

“这么说，小花你最终还是会在文化节上唱歌喽？肯定是很多粉丝的要求吧？”走向鞋柜的路上，阿东突然问道。

“有人希望我唱，当然很开心啦，但我觉得还是不太方便露面……”

“要是不能露面，穿玩偶装演唱怎么样？青蛙玩偶装。现实中真有声优这样现场配音的。”流之助提议。

我想象着自己身穿玩偶装现场演唱的样子，觉得似乎也不合适。

津岛又说：“要不然，你也可以在后台唱，找个女孩在舞台上演双簧。”

“找谁呢？”我反问道。

“当然是她了。”津岛把目光看向鞋柜前的一个女生。

是水濑。她听见我们的说话声，面无表情地转过头来，却好像吓了一跳，立刻移开视线，低下了头。

我正举手想跟水濑打声招呼，本该和我一同离开的那四个家伙却不约而同地一齐跑向鞋柜。

“喂，你们跑什么？”

“哦哈哈哈，我们突然想起还有急事。”流之助明显在撒谎。

阿东也回头说道：“那我们先走了，小花，唱卡拉 OK 时再见！”

四人迅速换好鞋，单手拎着室内用鞋跑掉了。

我呆立原地，望着他们的身影眨眼之间远去。水濑似乎也呆住了。虽然他们是在为我创造机会，但做得也太露骨了。

等到流之助等人消失不见，水濑再次看向我，脸上带着方才不曾显露的腼腆。

我尴尬地挠着头，犹犹豫豫地说：“那个，咱们一起走吧？”

“……嗯。”水濑羞涩地点了点头。

我和水濑并肩出了校门。

只有二人同行，我还是会感到紧张，目光闪躲地望向另一侧说：“你和流之助他们正常说话也没关系，大家都不会随便宣扬。”

“嗯，我知道。但我一直装成那样，一时半会儿改不过来……”水濑为难地说。

但我觉得，她可能并不是想改却改不过来，而是还没找到改变的勇气。

水濑继续说道：“不过，等到第二学期，我会作出改变的。”

她的语气格外郑重，令我清楚地感受到了其中的决心。

我惊讶地看向水濑，她也看着我问道：“对了，你要和佐佐木他们去唱歌？”

“欸？啊，嗯，今天下午。”

“哦，”水濑应了一声，转过头像在自言自语，“我还想再听花咲君现场唱一次呢。”

我立刻就想说，那你下午也一块儿去吧，但话到嘴边就咽了回去。不能这样回答。流之助等人要是在场，肯定会对我不遗余力地吐槽。

我掩饰着内心的紧张，装作若无其事地说：“那要是你愿意的话，下次咱俩一起去唱卡拉 OK 吧？”

光是说出这句话，我就感到一阵口干舌燥。我依旧面向前方，只转动眼珠观察身边人的反应，就见水濑望着地面，轻轻点了点头。她同意的一刹那，我的胸口仿佛被喜悦填满，拼命忍住直欲脱口而出的欢呼。

正心怀喜悦地走着，突然，我的右手外缘擦过水濑的手指，我慌忙收回手，不动声色地低下头，看着那两只并排摆动的手。

我的手骨骼粗大，生满细毛。水濑的手洁白细嫩，格外美丽。

我由衷地想，虽然现在还不行，等到暑假结束时，要是能很自然地握住那只手就好了。

出校门又走了不久，前方就是一个月前那晚和水濑交谈的公园。

当时的蛙叫声已被此起彼伏的蝉鸣替代，热闹异常。然而，当我从公园旁边经过时，却仿佛从蝉鸣中听见了青蛙的歌声。

我向身旁的水濑看了一眼，水濑报以温柔一笑，令我的心又是一阵狂跳不止。

青蛙的歌声，既是向同伴宣示地盘，也是对降雨表示喜悦，同时——

还宣告着恋爱季节的到来……

the end

版权登记号：01-2014-4965
图书在版编目（CIP）数据

那年夏天，雨宫蛙 /（日）如月和佐著；程亮译．—北京：现代出版社，2016.4

ISBN 978-7-5143-3287-2

Ⅰ．①那…　Ⅱ．①如…②程…　Ⅲ．①长篇小说－日本－现代
Ⅳ．① I313.45

中国版本图书馆 CIP 数据核字（2015）第 308884 号

那年夏天，雨宫蛙

作　　者　[日] 如月和佐
译　　者　程　亮
责任编辑　王　倩
出版发行　现代出版社
通讯地址　北京市安定门外安华里 504 号
邮政编码　100011
电　　话　010-64267325　64245264（传真）
网　　址　www.1980xd.com
电子邮箱　xiandai@vip.sina.com
印　　刷　三河市南阳印刷有限公司
开　　本　880mm × 1230mm　1/32
印　　张　7.25
版　　次　2016 年 4 月第 1 版　2016 年 4 月第 1 次印刷
书　　号　ISBN 978-7-5143-3287-2
定　　价　28.00 元
